KB027723

녹동 김기원 제8시집

"와"
작설차 한 잔

이 도서의 국립중앙도서관 출판예정도서목록(CIP)은 서지정보유통지원시스템 홈페이지(http://seoji.nl.go.kr)와 국가자료종합목록 구축시스템(http://kolis-net.nl.go.kr)에서 이용하실 수 있습니다.
(CIP제어번호 : CIP2020034330)

녹동 김기원 제8시집

"와"
작설차 한 잔

한누리미디어

걸림 없이 작설차 마시는 길

필자가 작설차를 마시고 작설차에 취한 글 자주 쓰며, 제8시집 『"와" 작설차 한 잔』을 출판함도 우연은 아니다.

어릴 적 하동군 악양 친인척이 매년 모심기철 끝날 무렵 잘 말린 작설차 잎을 웃어른들 위문품으로 보내온 덕이다. 작설이 곧 보약, 감기, 몸살, 모심기 일꾼들이 마시고 모두 건강했다.

필자가 오늘이 있기까지 작설차가 즐거움, 괴로움, 인내의 삶에 생명의 감로수의 시마당이 되었다. 조건 없는 행복, 사람답게 살고 싶고, 사람다운 행동으로 행복을 느낄 수 있었다. 작설차 한 잔 나눔 정신이 200여 명 어린이 심장 무료 수술, 시술 검사 1만여 명, 600여 명을 무료 개안, 새 생명 새 광명 수술을 주선할 수 있는 베풂. 나눔을 실천할 수 있는 의지가 오늘의 '나 그리고 영예의 혼이 작설차 한 잔" 그런 신뢰로 이룩한 기적은 40여 종 차를 마셔 맛 향기가 스스로 행복을 만드는 차시의 길을 열게 하였다.

　우리는 그동안 얼마나 숨가쁜 삶을 위해 연속적으로 작설차를 마셔 왔는가?

　'"와" 작설차 한 잔, 욕심의 굴레를 벗자', '인생길에 걸림 없는 삶, 새광명을 양식으로 삼자', '교만하고 비굴하지 말자'.

　수준 없는 웃음에 『"와" 작설차 한 잔』, 이 시집을 읽는 사람은 누구를 막론하고 행복을 얻기를 기원하며, 이 시집이 완성되기까지 애써주신 모든 분께 깊이 감사드린다.

2020. 8.

녹동한천차실　갈로 **김 기 원**

| 차례 |

시집을 펴내면서 · 8

제1부

022 ··· 분단 70년 눈물

023 ··· 차밭 농부의 무애홍

024 ··· 참 아름다운 작설맛

025 ··· 달빛 찻잔

026 ··· 내 팔자의 날

027 ··· 모충사 가는 길

028 ··· 보길도

029 ··· 부처님 오신 날

030 ··· 북천역

031 ··· 삶의 기도문

032 ··· 금어차 달이는 새벽

경(敬) — 만다동근(萬茶同根)

033 ··· 새해 맞아

034 ··· 스승의 날 다짐

035 ··· 소중한 만남

036 ··· 사모곡

037 ··· 어머님 은혜

038 ··· 위대한 소망

039 ··· 백간선사 제주에 차 심어

040 ··· 한 짝 찻잔

041 ··· 청자 찻잔에 담은 평창

042 ··· 입춘(立春)

043 ··· 찻꽃 있는 한천(寒泉)

| 차례 |

제2부

046 ⋯ 가을 찻자리

047 ⋯ 9월 차꽃 맞아

048 ⋯ 그때 차 이야기

049 ⋯ 작설차 끓이기

050 ⋯ 새벽 꿈차 끓이기

051 ⋯ 더 아름다운 꽃

052 ⋯ 마음 넓히는 차멋

053 ⋯ 봄 부른다

054 ⋯ 봄 오는 향기

055 ⋯ 새벽 차 달이며

적(寂) ─다선일미(茶禪一味)

056 ··· 마음 향기

057 ··· 월정사의 길

058 ··· 걸망에 피는 금동

059 ··· 녹색 빛 자리

060 ··· 한 생각이

062 ··· 흔들릴 마음

063 ··· 차 멋 되어

064 ··· 달빛 찻잔

065 ··· 마음먹기에 달려

066 ··· 짝 한 바퀴

제3부

068 … 9월 찻맛의 예언

069 … 가을밤 산촌

070 … 가을이 오면

071 … 가을 찻자리

072 … 그때 차 이야기

073 … 녹동차 더 맛나

074 … 차밭의 전쟁

075 … 다향의 멋

076 … 꽃보다 더 아름다워

077 … 청선도 닮은 찻꽃

낙(樂) −자연동락(自然同樂)

078 … 새 아침

079 … 숲속의 향기

080 … 아름다운 남김

081 … 금빛 찻자리

082 … 자연을 벗하며

083 … 차밭의 몸짓

084 … 찻꽃 보듯이

085 … 찻꽃이라 불러

086 … 녹차 마음

087 … 찻꽃잎 사랑

제4부

090 ··· 가을 밤

091 ··· 부처가 차 공양

092 ··· 단비 내리는 차밭

093 ··· 마음 작설 흔적

094 ··· 차 씨앗을 심고

095 ··· 황토사발

096 ··· 찻물의 힘

097 ··· 봄 찻잔 속

098 ··· 제주 선돌에 작설 심어

099 ··· 북천 코스모스

양(養) ─ 양생건강(養生健康)

100 … 세월의 흔적

101 … 차 한 잔 김삿갓

102 … 차꾼 이 남자

103 … 보름달 닮터

104 … 아름다운 다향

105 … 차밭농장에 살아

106 … 묘기 있는 찻잎

107 … 추위 맞는 차나무

108 … 새 바람

109 … 녹동차 맛 못 잊어라

제5부

112 … 작설 키우는 마음

113 … 밥상 위 찻잔

114 … 걸망에 찻꽃 피네

115 … 녹동골의 봄

116 … 남강에 비친 목련꽃

117 … 초봄의 소식

118 … 차향 울타리

119 … 만남

120 … 방생

121 … 봄 온다는 소식

복(福) ─복지후생(福祉厚生)

122 ⋯ 다정(茶情)에 기대어

123 ⋯ 임 온다 해

124 ⋯ 소중한 형제

125 ⋯ 차꾼이여

126 ⋯ 좋은 차 맛이여

127 ⋯ 좌송차 맛 좋아

128 ⋯ 한 마음

129 ⋯ 행복한 그대로

130 ⋯ 녹차의 맛

131 ⋯ 호박꽃 닮아

평설/ 작설차(茶)로 덖어내는 심미적(審美的) 상상력 · 김완용 _ 132

목단(牧丹; 180×80)

潤濟 李圭鈺 畵伯(윤제 이규옥 화백, 1916~1997)
- 경남 진주(진양) 출신
- 동아대학교 미술학과 교수. 국전심사위원
  (1978년경 진주시 금산면 출토 백자호와 교류 나눔)

제 1부

경(敬)

— 만다동근(萬茶同根)

"차 씨앗 뿌려 6년 만에 새싹 따서 구증구포법으로 덖고 비비어 만든
작설차 한 사발 차종자와 허황옥이 타운 배가 처음 닿았던 망상도를 향하여 헌다의례"

천지신명 헌다—나라와 국민의 안녕을 위한 기원 (김해 망산도)

분단 70년 눈물

아, 뿌리 줄기 잎 하나로 이어져
새 열매 맺으려 선열의 새 생명 선언
그 인내로 광복 70년 낳았노라

싹틔워질 요지경에 잘라진 한반도
빨간 파랑 땅 길은 폐허의 눈물
가슴 쪼이는 듯한 마음 기도합니다

어둠 속 엎드린 삶 찾는 새 발길
역사 창 새로이 부르짖는 차 한 잔
도깨비 선언문 밝힌 그 빛들이여

얼룩이는 불빛에 화합 닮은 노래
모내기의 깊은 밤 고난의 발길
밤새워 찻잔 앞에 평화문을 읽다

목사 스님 신부 도인이 앉은 다촌
밤새도록 발원 읽는 저 소리
물안개 분단 70년 불빛 새벽 열어라.

차밭 농부의 무애흥

1960년대 펄벅*이 처음 한국에 와서
농촌 길 걸었단 황홀한 서라벌 옛터
소달구지 몰고 가는 차밭 농부를 만나
이보게, 무애차 한 잔 맛보자고 했다

그 맛에 취해 코리아를 세계로 외쳐
그녀는 서양노래 부르고 무애 장단의 흥
아리랑 타령에 작설차 마시며 그녀의 춤마당
지게꾼 무애 장단에 소달구지가 울렸네

차밭 농부 울린 아리랑 무애흥 타령
원효가 달구지 타던 무애가 익히며
무애차 마시며 들판은 온통 무애가 울림
차밭 일하던 황소는 종일 새김질만 하네

신라의 달밤에 취한 그녀 얼굴
말없이 고개만 끄덕이는 무애걸음
아리랑 아라리요 아리랑 고개 넘어
그녀가 눈빛 잃는 무애춤 혼 세우네.

*펄벅; 장편소설 『대지』 작가

참 아름다운 작설맛

꽃 색시 피우는 색동이 봄날
세상 모두가 푸른 찻잎
반짝이는 임의 눈빛 닮아
참진 맛있는 작설맛이라

장난끼 늘어놓는 수양버들
한천다실*에 언제나 작설 찻잔
녹동골 작설차 끓었던 그 터
임 입술 꽃보다 더 색색하다

빈 가슴은 더 외로워
새싹에 몸 적시는 엷은 다향
봄바람에 취해 사랑 가락 부르고
봄 아씨 고운 목소리 더 귀엽다

내 꿈 밝힌 어머니의 눈길
언제나 꿈 가꾸는 명세한 약손
햇살의 괴로움 다 잊는 작설 한 잔
날개 치고 깃 뻗는 어머니 모습이네.

*한천다실(寒泉茶室); 김기원의 차실 이름

달빛 찻잔

보름달이 핀다
그믐달이 핀다
마음 빛이 핀다
미끄러진 찻잔마다

휘영청 밝은 달빛
찻잔에 달 있든 없든
보름달이 핀다

그래그래,
차와 빛은 하나
차와 벗은 없이
그렇게 차 마신다.

내 팔자의 날

일 년 열두 달에 쉬는 날 없이
찻잎 사랑 찻잎 대기
약초 캐는 산약뱅이
차밭 지키는 저 달아
뱀 잡는 땅굴잡이
비내리야 차 마시는 날

비가 와야 잘 팔리는 짚신
태양광 걱정이 밥벌이
전기빛 못 캐도 걱정되네
태풍바람 위에 집열판
바람 앉아질까 걱정된다

옷 몇 벌 갈아입다 또 녹차 생각
늦게 얻은 술타령 영감
돌아왔다 연달아 부산항
걱정 없이 잘 건너냈다

그렇구나, 그냥 비켜 몸조리하려
이제 찻맛 입맛 진맛 알겠네.

모충사 가는 길

용각산 미륵동 기슭
코끼리의 웃음소리
대방만 물안개 넘었던
그 터 찻꽃 피어 익네

환히 품어주는 사계절
용각 뿔로 허리 피어
백산이 보일 듯 말 듯
말없이 허공을 채운다

도선 주장자가 모충
바위마다 자비의 탑돌
육자배기 사모곡 가락이
새파랗게 그리움 새기네.

보길도*

해옹(海翁)**이 동천석실*** 잡고
선도(禪道)차 마시며 즐긴 부용꽃
배일 없는 타향살이 바람뿐
거칠게 파도는 경상도, 전라도

발걸음 짝맞는 뱃고동 소리
언제나 숨차 오르는 바닷길
낙서재 춤추는 구름 속 부용새
앞산바위 숲 읽는 노래뿐이네

해육신 떨어져 하늘 정원 꾸미고
짙고 깊어진 문풍지 울음소리
하늘의 찻자리 넉넉히 툭 퍼져
부용동 사랑을 담은 저 찻잔이네

임 그리운 보길도 못 잊어
차 한 잔 술 한 잔에 탄식의 그 약속
바다 용선, 언제 떠날까 닻 올려야 할까.

*보길도; 전남 완도군 예송리에 위치한 섬
** 해옹(海翁); 고산 윤선도의 호
***동천석실(洞天石室); 정자 세운 석문, 석담, 석천, 석폭, 석전

부처님 오신 날

불기 2548년 밝힌 사월초파일
애기부처 탄생 감로 종소리
이 세상에 또 행복 왔네

눈빛 보는 부처 듣는 염불
마음의 종소리 외치는 육법공양
찬탄소리 온 누리가 향기로다

연등불로 베풂의 민주화
나눔의 부처님 배려의 연등불
새 생명 온 누리 부처님 연등 반짝이어

아, 부처님 그늘진 곳곳에 연등불
밝히는 부처님 자비 찾게 하소서
곳곳마다 일어서 밝히는 저 등불
사람과 부처가 둘 아닌 하나의 기쁨.

북천역

나림* 집 가까워 했던 북천역**
요란하게 헛물 쏘아
서로 어울림을 느낀다

비 내려 바람이 불어도
술도가 집은 진술 거르고
기차는 기찻길 달린다

푸른 들녘 철길 따라 기적소리
산에 산울림으로
북천역 산자락이 바쁘다

산언덕마다 멋쟁이 휘파람
다솔 찻맛에 취하니
다향만리의 삶 진하네.

*나림; 소설가 이병주(李炳注, 1921~1992) 선생의 호
**북천역; 경전선 철길 완사역과 하동역 사이

삶의 기도문

연착되는 시골 열차를 타고
창 넘어 고개를 내밀 때 부딪칠
찬바람에 당신이 끓여주는 차 한 잔
사랑 깨달러 찢어진 상처들
손가락 알라 괴롭힌 지난날
원망한 발자취가 살아온 연륜일까

기도차 마셔온 찻잔 무늬의 사랑
만들어 낸 당신이 찻잔마다
쓸데없이 새겨 놓은 욕망의 흔적
성숙된 과거를 새김질하며
채워진 마음때 벗으러 발원하네

현재의 과거 잃어진 미래를 지어
석송차(石松茶)* 끓이는 이 맑은 공기 속
김시습, 정약용, 초의를 불러 이 기쁨
쪽빛 향기로 찻자리 넓게 밝히소서.

*석송차(石松茶); 석송과의 상록 여러해살이풀. 원줄기 잎을 가공한 차.

금어차 달이는 새벽

지난 밤 꿈에
금동부처 머리 앞에 두고
부처의 진언소리에 금어차* 마시며
이승 저승 그 이야기
새벽 햇살이 비낄 듯한
선명한 색공(色空)을 맞았다

뜰 차나무에 맺힌 이슬
슬픈 구슬 떨어지는 금어 솔바람
은은히 꼬리쳐 끓는 소리
내 꿈 올림이 소박을 당해
밝게 타오르는 가슴에 다섯 가지
불량을 익히는 차가 끓는다

물안개는 꿈 이야기 거두고
정성스러워 차 끓이는 불 닮은 언어
아침 준비로 일꾼 된다.

*금어차(金魚茶); 위대한 사람. 부처의 존칭에 올리는 차.

새해 맞아

어둠 헤치는 새 외침
효(孝)의 뜻 모여든 동해를 바라보며
희망 품으려고 두 손 모은 묵례

새벽 발원문에 희망의 칼날
바람에 손 비비어 솟아올라
새해 차 한 잔에 모두 때 자르는
새별 반짝이 눈빛 되어라

저마다 풋풋한 검은 꿈꾸어
행복을 품어주는 첫 칼질
녹차 배달꾼 되겠다는 맹세
새벽녘 별들 친구에게 고합니다

어둠 헤치는 칼 잡는 젊은이여
복차 마시며 멋맛 용기를 세우시라.

스승의 날 다짐

봄바람에 꽃 엽서 날 듯
산들에 진달래 꽃피는
5월은 스승의 날
이제나 제철에 꽃피는 날 찾아

대문고리 잡히는 스승님
고마운 추억 터로 그리며
두 손 모아 감사합니다
차 한 잔에 새 추억 길이라

지혜를 범람시킨 그날
찻맛 이야기 감사하듯
고달픔을 듣던 세상소리
모두가 삶이 요지경 되네

가락에 휘말린 스승의 정
지혜의 꽃 다시 피는 5월
봄 차밭이 더 밝고 푸르니
눈부신 태극기가 스승 꽃 피우네.

소중한 만남

우리는 하나였다
먼 세상 사람도 아니고
닮은 노래를 부르며
동행차* 마시는 얼굴
포근한 아침나라에 사는 사람들

새 사랑을 읽어 내리며
뾰족이 부딪치는 틈마다
반기듯 익히는 무궁화 꽃길
때때로 소용돌이치는 삶길 위에
여운의 땀 짓는 등대빛 이야기
찻자리에 앉아 연다

찻잎이 느끼는 공감
원점을 못 속이는 길에서
포근한 나라의 상징처럼 만난
기적의 아침을 여는 사람들
오늘만은 구두끈 묶기가 싫다.

*동행차(同行茶); 찻잎을 구별 없이 처리하여 만든 차.

사모곡

봄날이 돌아오듯
해마다 맞는 기제날
어머니 은혜 녹동골
그날 내린 산들에 폭설
가득 채워 봅니다

열쇠 주고 떠나가던 그날
바람도 차가운 정월 이십오일
우리 남매는 살아온 보릿고개
그리워 눈물 젖었었는데
가슴 가득 안고 혼자 돌아왔습니다

어머니!
남강의 범람을 닮은 인생길
따뜻한 작설차 한 잔
그 애달픈 삶의 이야기
다향 속에 도란도란 피웠습니다.

어머님 은혜

무지개 기슭의 숲
울음 없는 한(恨) 어울림
길바닥 뒷걸음질할 이야기
모두 어머니가 쌓았던 길이었다

이름 석 자 읽을 수 있는 자리
힘들어 못 알려졌던 뼛속
찻물 끓는 소리로 꼭 들었지만
어머니 꿈 이야기만 못하였네

녹동 차밭 가꾸었던
자랑스러운 길에 묻힌
녹차 빛 푸르던 이야기
지금, 편린(片鱗) 되어 반짝하네

지난 세월에 못 밝힌 그 집터
모깃불 바람 타듯 피어올라
윤회의 수레처럼 돌아올 때
어머니!
사랑이 치솟는 찻자리에 달 띄워집니다.

위대한 소망

바다멸치떼 아름다운 광명 불태워
그늘진 세상 비쳐 주는 강한 의리
로마교황이 땅 짚고 날아와서
가난하고 목말라 했던 자에 생명차를 주다

비바람에 묵혀 아픔을 쌓아온 70여 년
8월에 따뜻이 돌아가는 바퀴를 굴려
위대한 소망 이룩함으로
잔혹한 굴레로 맞선 124명 순교자 일으켜 세웠다

쇠사슬에 목숨 걸린 자 세운 성전이여!
강한 기도뿌리로 용기를 얻게 되어
성전의 존엄 앞에 진다(進茶)하는 교황이여!
고삐 제치는 사랑의 믿음 이제 축복꽃 전한다

민국 빛 온 누리에 넓게 밝힌 교황 은혜
우리들 입과 작은 가슴에 품은 뜻 열어 주시어
임 기도로 주신 영차 마시며 아리랑 부르게 된다.

백간선사 제주에 차 심어

한라산 선돌 사는 백간선사
1979년 보름날 쌍계사 큰 대차밭 찾아
하동야생 차 씨앗 한 포로 제주행
남해바다 건너 한라산 선돌에 옮겼다

천지암 선돌 언덕 채전 밭 갈고
녹동이 삽질하고 배간이 호미질
차 씨앗 심는 고유제 축문
솔잎 덮고 철조망에 경비시켰다

제1회 촉석루 차의 날 선포식에
백간선사 제주 한라 선돌 차나무
150포기 자란 새싹 선돌차 헌다하니
제주차는 추사 이후 첫 생명 된다

1983년 제3회 한국 차의 날
칠불사 7왕자에 제주 선돌차 공양
통광이 청법가, 백간이 헌다, 녹동은 팽주
제주 선돌차 부처가 마셔 소문 전하네.

한 짝 찻잔

요란한 언어 태우는 무쇠 다로(茶爐)
밤낮 반짝거리는 한 짝 찻잔
녹차는 신혼부부 열만큼 익느냐
밤마다 달빛 항아리로 누린다

되돌릴 수 없는 저 밤하늘의 사연
눈 뜨이는 꽃나이의 다향
한 짝 찻잔이 뜨거운 황진이 입술
와닿아 벽계수 바람 일으킨다

이 밤 익어가는 틈새 우리의 짝 찻잔
그 잔에 달빛 담고 우주 한 바퀴 언약 담아
샘물 솟듯 밤마다 급행열차의 꿈으로
가까워 마시는 짝차 한 잔에 또 맹세한다

미움도 그리움도 차나무종자 심는 마음
살리라 또 살리라 한 순간이 짝의 평생
찢기고 깨어져도 한 짝 심어 솟아나서
누리고 싶은 충동으로 살리라.

청자 찻잔에 담은 평창

미친 듯 이어진 7월 해살
평창*! 세계로 풀어 헤친
한 마음 분출시킨 대한의 저력
태극기로 뜨거운 기상 일으켜 세우다

2018동계올림픽 깃발을 평창에 꽂아
가슴 불타는 저 푸른 꿈
감로차(甘露茶)** 축배 외치니
신바람에 풍악소리 요란하다

아, 하늘길 열려 내린 평창땅
무명의 옥석 밝히는 평창 눈꽃송이
대한의 가슴마다 무궁화꽃 영원해
강원도 태백에 무궁화 새싹 텄네

환호하는 대한의 빛 광명이여
신들린 힘 솟는 대한의 평창
아, 동포여 평창을 청자찻잔에 담아
아리랑에 태극기 휘날리는 다향만이······.

*평창; 강원도 평창군 대관령면 2018.02.09.−25회 평창동계올림픽 개
최 80개국 6,000여 명 참가, 15개 종목, 102개 경기
**감로차; 가장 맛 멋있는 차

입춘(立春)

얼음 녹는 저 언덕
땅 속까지 뇌송(雷悚)소리 타령
그 타령 장단에 깬 벌레들
새 맛 느끼는 춤바람 신명난다

내 마음도 일깨어져
봄향기 처음 맞는 걸음이 찰랑찰랑
산촌거리는 새색시로 도배질
아름다운 배필 만남을 발원하네

목 풀린 강가에 겨울잠 깨는 소리
색동옷 입고 누더기로 뱃길 건너
새 녹차길 100일, 5월 25일
차밭마다 작설 사랑 꿈꾸어 날리네

반짝이는 작설 가마 꽃 댕기질
힘나게 논밭에 괭이질하려
새 꿈 마음이 미소되는 국민의 노래
산사는 누더기 벗고 새 세상 알게 하네.

찻꽃 있는 한천(寒泉)

단풍보다 더 아름다운 한천꽃
사람의 DNA로 바라보는 그 얼굴
야생화 빛보다 고운 님의 모습
내 성숙함을 익힌 아름다움이어라

장난 없이 모였던 차꾼 나그네
다산 초의 추사가 마주앉아 차샘
청자 백자 찻잔마다 녹동차 새맛
해산(海山)*이 이름 지어 한천다실이라 했네

외로운 임 빈 가슴에 풍기는 다향터
곡차에 취해 노래 불러주는 고운 목소리
꽃보다 더 귀여운 내 꿈의 다도해인
어머니 눈길이 손맛보다 더 새로워

모진 풍파에 자연이 당하는 괴로움
차 한 잔 마시는 세상살이 터 한천
날개깃 뻗어 마음자리 꽃보다 더 좋아
그대 품, 봄 왔다는 아름다운 차 터 될 이곳.

*해산(海山); 조선말의 유학자

제2부

적(寂)

— 다선일미(茶禪一味)

천상의 흐름소리 내 마음 고요할 때 우주를 한숨에 마셨다

한천차실의 창—惺茶去(성다거) ; 차 마시고 깨치어라

가을 찻자리

힘겨운 삶 든든한 사람끼리
대나무 숲에 갓 벗는 마음
색동옷에 이웃한 차나무들
굽소리로 찻자리판 연다

사랑 맺은 그리운 차꽃 노래
쏟아낸 우주에 쪼그려 앉아
바람도 부탁도 없는 저 아우성
먼 산 경쟁행렬 그냥 따라 흐른다

여보게, 차나 한 잔 하세
얼룩이뿐 가을 차맛 그대로 멋
신발 잘못이 비구름 다 지난
그 자리 흔적 없이 다 억눌려 빠트렸다

찻잔 보고 트집 말고 떨어지는 별똥
다 모아 많이 쓰러질 듯한 탑자리마다
계절이 달라져도 깃발은 아니 바뀌어
언제나 비구름 닮은 찻자리 찾아보세.

9월 차꽃 맞아

산 산, 들 들에
황금빛 바람이 연(鳶) 날리고
차나무 잎 사이에 뿔 생겨
도포 입은 삿갓선비로 살아간다

독아지에 넣을까 적다 해도
가을 차에 눈빛 여유가 보여
삶 사이에 괴로운 일
벌 나비에 그리움 짓네

계절이 느끼는 오색 풍경
차 마시고 춤바람 모두
청자 찻잔으로 살고 싶어
헛소리가 빨리 잠 깨운다

차꽃 따라 피는 들국화
즐거움도 괴로움 다 떨쳐 버리고
그대 얼굴 모습 그리워
따뜻한 차 한 잔에 웃음 피웠네.

그때 차 이야기

첫자리마다
지난 그대로
버린 것 후회스럽다
참뜻을 알아서
조심했더라면
지금 이런 아픔도
아픔도, 어리석음도
없었을 것
한밤중 고요를 흔드는
큰 시계소리 닮는 번뇌(煩惱)
찻잔에 내려놓는다

작설차 끓이기

어둔 밤
마른 차통 깨어 차 끓어
내 병폐 모두 울음을 틉네

속살 것 태우는
순결한 달빛살이
어둠을 풀어
살며시 그 정 옮겨 눕네

훌훌 옷 벗어 던진
희망 껍데기 한 벌 옷
어우러진 강물 다관 속 흐르고
유랑하던 과객들 풀씨처럼
뜨거운 물을 품네

밤은 깊고
어둠 속에 추위는 몰려와
더운 물살이 작설차 우려내어
새벽의 찬 기운 씻어 내리네.

새벽 꿈차 끓이기

한밤 어둠을 밀쳐내고
목마르게 그리웠던
꿈차!
유난히 모두 즐겨 마시네

속살 겹 태우고
순정을 바치는 차 작업장
내 몸에 어둠을 풀어 놓고
소쩍새 울음 임 그리워 눕다

훌훌 벗어 던져 버린 누더기
한 데 어우러진 차림
마음에 물 흐름의 다관
유랑하던 적막 풀씨로 뿌린다

새벽은 깊고 더 추위를 느낄 때
뜨거운 여인의 품안 그리워
차 우리는 나 홀로 기다리는데
끓는 차향이 마음 씻어낸다.

더 아름다운 꽃

호박꽃보다 더 아름다운 것
차실 앞에 떼지어 핀 수선화
산수유 꽃보다 향 잃어
봄바람에 새 삶꽃 정하네

임의 큰 눈썹 꽃처럼
차나무보다 백목련 꽃
하얀 어머니 생각의 명세
밤마다 저 달빛 바라본다

장난 없이 늘어놓는 꽃가지
백자잔 함께하였던 꽃봉오리
녹동차 마시며 칼 갈던 그 터
아득한 역사에 얼룩진 염주알

뜨거운 목숨 불사르며
곡차*에 취할 때마다 삶 노랫가락
침략의 무리를 몰아낼 운명
백목련 꽃에 민족혼 새겨 남긴다.

*곡차(穀茶); 탁주의 대용 명칭

마음 넓히는 차멋

사람에 필요한 것은 녹차
세상이 아무리 험악해도
진정 녹차를 거부하는 사람 없다

진하게 색칠한 사람끼리
사랑 있다는 것 느끼며
녹차 마시는 희망 가지고
그리움 에둘러 사랑 피운다

무엇이든 사랑 물꼴 이겨 낼
녹차 사랑에 필요한 단맛을 얻어야
어두움에 취한 나비 춤추니
좋아하는 유형의 사랑을 품는다

시장 저잣거리 서서 차 마시라, 외쳐라
키 큰 사람, 말쟁이, 논쟁이, 자랑쟁이
파리떼로 모이면 누구 눈길 주어야
찻잎처럼 늘 푸른 차멋 비명에 어울리오.

봄 부른다

찬바람에 얼굴 가리고
모래 먼지로 눈 못 뜨나
산골 샘터마다 깔린 판유리
혹독 날 버리고 차 마시러 가네

우수(雨水)로 시작하는 젖가슴
어디서 불어온 차밭 바람
거리에 나서는 차 마시는 즐거움
강 버들 내천이 봄바람에 취하네

계절 모퉁이로 찾는 차나무
언덕 공원벤치에 앉아
그날 만남을 속삭이고
새길 거리 채우기 위해 투구 벗었네

차나무 한가롭게 살을 찌우고
젊은 언어로 가지마다 꼬리를 달고
찻잔 열기로 발산할 봄 선수 같네
전기는 발전기가 돌아야 하지.

봄 오는 향기

보일 듯 보일 듯한 소망
꽃 속에 숨어
달콤한 유혹의 숨찬 소리
으르렁 으르렁 땅 풀린다

쫓아가서 잡을 수 없는 봄빛
옷자락 날릴 때
손짓하며 가까이 와 있는
당신이 봄

우리 다시 만나 다향 적시고
꿈 내리며 차밭 길
기다림이 앞서는 희망의 길
아우성도 아름다운 미소

거친 봄볕에
미움과 분노의 불신이 얼룩진
삶 고통 활활 타 오르고
토산 차밭에 끝댕기 반짝이네.

새벽 차 달이며

지난 밤 읽어 네 머리에 둔 북녘 방
청자 찻잔 고려의 진언소리 듣고
새벽별 반짝이듯 끓는 왕건(王建) 이야기

청자 색깔이 알리는 차나무 맞아
이슬 구슬로 일깨워지는 청자 판
숨소리 내리는 은은한 향기
새벽 차 끓는 소리 요란하다

간밤 꿈꾸었던 울림이 들추어
차밭에 피어오르게 저 푸른 색깔
다섯 가지 멋차, 맛차 끓여냈다

포원 화두에 압록강이 찰랑찰랑
최영 칼이 꿈 기루었던 청잣빛
나라 생각하는 정성이 깃발로 휘날려
차밭마다 왕건 일꾼부대 모인다.

마음 향기

차나무 숲에 소리가 있다
그런 움츠렸던 들풀의 삶
마주쳐 가슴 느끼는 다반사
굽어 살핀 다향목이 향기롭다

모래밭 갈아 심는 차나무
네 귀에 들리는 기억소리
울음도 노래도 삯바느질
걸었다 쉬어야 할 운명이라

사랑을 이곳 하늘로 이어줄
따뜻한 온돌방 아랫목처럼
여유 있는 찻자리에 벌춤 추네

무화과 열매 맛에 마음 잃고
달리는 자동차 속도로 가는 세월
코끝이 알 수 있는 세상 향기롭다.

월정사의 길

굴뚝으로 이어지는 날씨
푸르듯 진하여 길 차밭
꼬부랑 언덕에 부처의 길
평창 오대산 탄허종사 비경이라

일만 문수동자가 차 마셨던 그 길
상원사 월정사* 그 사이 샘가 찻터
세조가 악정(惡政) 누워 친 그 길
선재(仙才)동자 발가락만도 못한 왕권

찬 냇물에 신발 벗고 걸망족 되는 길
천년 숲길 발 닦는 선재동자
천년 이름 읽는 차가 폭포로 이어져
맑고 푸른 마음 오고 갔다는 알사탕

새소리 목탁소리 바람소리에 땀냄새
우뚝 선 전나무 막대기의 멋 이야기
국보 48호 8각 9층 석탑 세월 마시어
월정사 뜰 지킨 탄허의 불가사이한 길 있다.

*월정사(月精寺); 오대산의 다섯 개 연꽃잎에 싸인 사찰. 643년
자장율사가 문수보살을 모신 초막. 조선조 세조의 죄를 부처가
관대했던 영험이 유명. 한국전쟁 때 전소되었다가 1964년 복원.

걸망에 피는 금동

밤바다에 누워 있는 배
연꽃 피는 길에 갈연석 펴놓아
연꽃 아닌 연못 말 없다

늪지에 한철 살았던 연꽃 빛
마른 갈대소리에 바람꽃 피고
눈빛에 끓는 다관이 숨 쉰다

논이랑에 걸망 찾으려
오랜 밤 쓰레기통 뒤집고
목말라 외치고 호소한 빈 걸망

호롱불이 장마철 하늘 빗길
그 꿈이 금동차* 꽃 두더지의 꿈
낙동 뱃길 훤히 열어 연꽃 뿌려놓다.

*금동차(琴童茶); 어린아이가 엄마 젖가슴 뒤집어 먹는 젖.

녹색 빛 자리

사람들끼리 고통의 삶 느끼며
대나무 숲에 앉아
죽로차 마시는 한탄의 소리
차나무 절마디 옹어리 되었다

첫자리 펼 때 허손 찻잔 잡아
쏟아낸 자리에 더 미소를 만들어
바램도 부탁도 없이 면벽 익히는
손짓들이 강물 행렬 따라 건배한다

여보세요, 녹동차나 한 잔 하세
가을 차 마시어 얼룩질 그대 멋
묻은 때 비구름 지나간 뒤 뜨는 달
보는 그 흔적 구멍에 다 빠트려졌다

찻잔 보고 트집 말고 떨어지는 별똥 모아
더 많은 별 솟아날 듯 탑 쌓아
해와 달뜨는 계절이 달라지는 그 녹색 빛
그곳에 인제나 빛 밝게 첫자리를 펴라.

한 생각이

이름 없는 화두주전자
금옥(金玉) 담으면 금옥주전자
녹차 담으면 녹차주전자
참기름 담으면 참기름주전자
누가 무엇을 담느냐가 다르다

빈 통이란
걱정 담으면 걱정통
녹차 담으면 녹차통
꿀 담으면 꿀통
쓰레기 담으면 쓰레기통

못난이 여자
신랑 호칭 따라 바뀌고
고급자리 따라 모습 다르고
혼란한 연륜 없는 찻자리
호칭에 목숨 걸 행동 걱정이네

심는 해 따라 다른 차나무
답게 사느냐 오뚝이로 사느냐

녹차는 잘 끓여도 그 맛
요즘 여치영웅 탄생시대
세상살이는 기회 아니고 순리로다.

흔들릴 마음

바람 없어 마음의 흔들림
송림 따라 흔들린 마음
그 날 찾는 갈 길
다향 맛 향기 있었나 봐
늘 그렇게 목 놓아 울지 말라

날마다 마음에 퍼 놓은 참삶
농악의 즐거움보다 따뜻한 바람
세상 뒤집는 바람 없는 소리
촛불 무리는 치료제 아니었다

당당함이 존재하려 함이 잠깐
행복을 꿈꾸려는 찻자리 잡아도
꿈이 퇴색한 신음소리로 내뿜어
갈증 일어날 때 침묵의 차 한 잔
강변 버드나무 가지 따라 보낸다.

차 멋 되어

삶 향기 속에 핏발로 살며
내 핏줄에 연연하는 사람보다
차 마시는 그 향기에 마음 풀어
그 차 멋 그대로 삶이 내 인생이네

욕심의 삶 바퀴 벗어난 나
활활 털털 떨어버리는 나
살아갈 삶의 고뇌 이기는 멋
기러기 삶 돌이킬 그 멋 찾아가네

온종일 잡소리보다 맑은 향기
감나무 밑에 떨어지는 홍시보다
오소리 냄새를 쫓아낼 사랑이여
향기롭게 뿜낼 수 있는 내 바람이네

행복 낳은 다향 내리고 온몸의 뿌리도
내 마음대로 바꾸는 아름다운 그 멋
베갯머리를 적셔본 금옥길 버리는 멋
연초록 빛 삶 아름다움이 내 것 될 거야.

달빛 찻잔

보름달이 핀다
그믐달이 핀다
달빛이 핀다
미끄러진 찻잔마다

휘영청 밝은 빛
찻잔에 달 있든 없든
보름달이 핀다

그래 그래
반달차*와 빛은 하나
그렇게 달빛차 마신다.

*반달차(반월차); 반달 같은 떡차

마음먹기에 달려

불탄 사랑은 이별의 씨앗
진실이 천국에 지옥이 된다

나눔 얻는 마음의 행복
혼자 생각 보낼 순간이 즐겁다

다향에 취한 아름다운 차멋
교만이 쌓이면 겸손을 잃는다

믿음의 차실은 평안을 낳고
욕심은 선택이 패망을 예언한다

감사는 언제나 풍성하고
불평은 시작의 끝도 한도 없다

내가 먼저 참으면 천지가 조용하고
욕심을 버리면 행복이 찾아온다

아, 세상은 요지경 행복도 불행도
차 한 잔 마시는 그 사발 멋있네.

짝 한 바퀴

무쇠 다관(茶爐)에 불 지피는
봄철에 요란한 언어로 홀로 반짝
태초의 감로(甘露)는 어디만큼
달빛 따라 돌며 향기를 뿜는다

되돌릴 수 없게 밝힌 사연 감격
다향에 눈 떠어 존재 알리는 바퀴
황진이 뜨거운 입맞춤의 열기
벽계수는 짙은 폐수만 흐른다

짝 한 바퀴로 즐기는 깊은 밤
은하수 틈새 우리가 설레어
달빛 담은 찻잔에 샘물이 솟아
밤마다 우주를 넘는 꿈꾼다

미움의 용량보다 차 한 잔 나눔
그리워 가까운 차나무 새싹
생명 부부로 살아온 예언 길
찢어도 떨어질 수 없는 짝 찻잔.

제3부

낙(樂)

— 자연동락(自然同樂)

태고신비 그대로 자고 먹고 마시고 웃고 울고 즐기는 별천지 세상의 그 멋

설악산 적말보궁 1만문수보살 헌다

9월 찻맛의 예언

늦바람에 서리 내리는 9월
불볕에 타오르는 황금빛 들판
거두어들일 것 적다 해도
가을차 마실 여유를 꿈꾼다

지난 삶 괴로움 다 잊어야
고달프게 살았던 그 길이 밝아
9월이면 찾아온 찬 서리 빛색
공평하게 이 시간 나누고 싶다

꿈 풍요로운 가을 들국화
비겁케 담아낸 가을차 한 잔
흐름 세월 고뇌를 지으며
알맞게 끓인 가을차 맛에 산다

고독에 방황하는 날 온다 해도
앞뒤 보지 않고 바른 길 찾아
저 하늘 번개도 마음에 묻고
삶의 진실차 멋으로 익힌다.

가을밤 산촌

저녁노을 때 산자락에 앉아
다향을 느끼며
옹기종기 모여 앉은 마을을 본다

황혼이 들어선 들녘
소란한 논길에 부딪쳐
가을밤은 적막에 흐느낀다

어둠 속 낮추어 엎드린 다정(茶亭)
구절초의 밤이 깊어가도
도깨비바람 떼 등불 켠다

불빛마다 예찬하는 밤나비
아기 울음소리로 끓이는 아몽차*
밤별끼리 마시는 차향 진하다

늙은 부부가 산촌을 묻어
백자 찻잔에 오묘한 향기에 취해
휘청거린 불빛 모르고 밤을 새운다.

*아몽차(娥夢茶); 좋은 맛있다고 느끼며 마시는 차

가을이 오면

권하는 재미로 가을차 마신다
못살게 흔들어 얼굴 붉히는 계절
밝아오는 금어촌 황새가 된다

근심스러워 살았던 지난 나날
손꼽는 차림들 다 못했던 그 멋
뽐낸 찻자리 가을 홍차색 진하다

찻자리에 묵은 때 꼭 어치 한해
차례로 넘어온 다정 넓힌 들판
오곡 익는 금빛이 소복한 황금 찻잔
끓여 담아 즐겨 깨무는 혀 가을맛이라

온 길로 떠날 저 바람이 차나무 숲
천사들 언제 만나러 눈물 뿌리는
그 하얀 서리가 이랑 사이로 숨어든
다촌(茶村)에 축복빛 언제 날아오리까.

가을 찻자리

힘겨운 삶 든든한 사람끼리
대나무 숲에 갓 벗는 마음
색동옷에 이웃한 차나무들
굽소리로 찻자리를 편다

그리움 사랑 맺은 구름포구
쏟아낸 자리에 쪼그려 앉아
바람도 부탁도 없는 다촌댁 불러
강물의 먼 산 행렬 그냥 따라 흐른다

여보게, 금곡차나 한 잔 하세
얼룩이 가을차 맛 그 멋 그대로
신발끈 잘못이 비구름 다 지난
그 자리 흔적 없이 억눌려 빠트렸다

찻잔 보고 트집 말고 별똥 담아
다 모아 쓰러질 듯한 탑자리마다
계절이 달라져도 깃발은 아니 바뀌어
언제나 비구름이 찻자리 찾아간다.

그때 차 이야기

찻자리마다
지난 그대로
버린 것 후회스러워
참뜻을 알면
차 이야기 없어
조심했더라면
지금 이런 아픔도
어리석음이야
한밤중 잠에서 깬
큰 시계소리처럼
맑은 찻잔에 내려놓아라.

녹동차 더 맛나

봄날에 녹동골 산과 들에
꿀벌들이 꿀비를 내리면
몰려드는 상춘객
회사한 꽃보다 녹동차*에 취해
한천다실**이 꿀차 장터 된다

녹동차 끓이는 그곳마다
꽃보다 향기로운 녹동차 향
찻잎에 꿀 적시는 엷은 다향
봄볕을 달구는데
차밭 휘어감아 도는 봄바람 속에
봄 아가씨 노랫가락 곱기도 하다

봄빛도 쉬어가는 녹동골
연황색 새순 품는 녹동차밭
세상살이 고달픈 어머니 손
고집불통 영애가 우려낸 찻맛
꿀보다 더 맛나다.

*녹동차(鹿洞茶); 김기원이 만든 녹차
**한천서실(寒泉書室); 차인 김기원의 차실명

차밭의 전쟁

이른 봄철 가까워지면 차밭은
언제나 봄 기분에 새싹 전쟁
새싹 머리에 상처 입었으나
사람의 대머리만은 아니다

곡우 전후 첫머리 잃었으나
을사보호조약이 아니다
6.25 한국전쟁터 아니라
차 양식을 위해 공여한 것이다

촛불시위 아니라 봄 알리는 것
권력의 쟁탈전이 아니라
마음의 때 식혀낼 차약(茶藥)
청빈과 정직을 상징한 푸른 머리였다

내 머리의 다섯 가지 맛 멋 흥
찬바람 맞았던 인내의 지킴이
자기희생이 사회를 맑게 빛나게
봄 전쟁 아니라 밝은 사회 영양소다.

다향의 멋

삶 향기 속에 살며
차 마시며 얻은 그 향기
마음을 풀어야 하는 그 멋
그대는 자신의 멋 느낀다

삶 있다는 곳 다향의 골 멋
얼마나 마셔야 떨어질까
살아갈 삶 결정짓는 고뇌 멋
살아온 삶을 돌이킬 그 멋
다향이 멋을 맡을 수 있네

온종일 잡소리꾼의 향기
뭐 되게 좋아하는 꾼들
냄새로 감추는 사랑이여
향기롭게 뽐을 수 있는
당신의 멋들이 바람이네

행복한 다향의 그 멋
향수로 뿌리는 온몸
밤보다 아름다운 고통
베개에 눈물 적셔본 멋
삶에 아름다운 멋이 될 거야.

꽃보다 더 아름다워

눈꽃보다 더 아름다운 것
임의 큰 눈빛 바라보는 순간
꽃보다 더 아름다워라

장난 없이 늘어놓는 한천다실
언제나 함께하였던 쌍찻잔
녹동차 끓었던 그 터마다
차 마시는 입술 꽃보다 더 예뻤다

외로워하는 임의 빈 가슴
풍기는 다향을 적시며
곡차에 취해 노래를 불러주는
고운 목소리 꽃보다 더 귀엽네

차밭은 내 꿈들의 희망
어머니 눈길로 언제나 꿈 가꾸어 주는
그 손맛이 꽃보다 더 새로워라

햇살로 괴로움 다 잊으시게
차 한 잔 마시는 세상살이 터
세상 따라 날개깃 뻗는 약손
포근한 마음 꽃보다 더 아름다워라.

청선도 닮은 찻꽃

푸른 산, 하늘 바다, 어우러진
청선도*에 맞추는 내 마음
한 때 아닌 그리움이 짓는
임 닮은 창선도 찻꽃이어라

훨훨 솟아 밝은 저 청선도 달아
창선차 끓어 펄펄 솟는 차향이
단풍같이 태워지는 사랑
달팽이걸음 춤추게 하였네

언덕 위에 세운 하얀 구름집
임 그리워 날아가는 기러기
눈물 없는 거미줄보다 슬픔
밤 차밭의 노래 더 맑아야 해

어느 때 저물녘 깊은 인연
갈매기 하염없이 노래 춤
찻잔 고백에 말문 막힌 사랑
임 닮은 찻꽃 꿈꾸어야 하였네.

*청선도; 전남 완도군 청산면의 주도(主島)

새 아침

이불 뒤집고 부끄러움 무릅쓰고
발 벗은 채 봉봉차 한 잔 비우고
바다 아침 밤새우고 기지개를 켠다

인생길 혼자 쓸쓸히 걸어
찬바람이 얼굴을 채워 그리움 솟고
쓰레기통 풀어헤쳐 쌀쌀히 보였던
차향으로 아름다움을 생각한다

녹차 빛 삼매에 참새들 소리
첫날밤 맞는 새아씨의 숨찬 가슴
넉넉히 살아갈 길 새 꿈 꾼다

가슴에 느끼는 후회 없는 알알한 희망
오늘 해야 할 차밭 일에 사발 생각
소중히 걷는 길로 적막을 깨운다.

숲속의 향기

소나무 바람은 소나무소리
삶 움츠렸던 그 향기
꿈 이룩해 낳는 다반사

좁은 코앞에 큰들 바로 이어져
세상살이는 코 한숨에 굽이 넓어
꽃길의 개똥밭에 듣는 귀뚜라미 소리
울음도 노래도 발 맞는 행진곡이 좋네

넓고 넓은 저 하늘처럼
쓰다듬게 밀어줄 녹차 사랑이여
가슴이 온돌방 아랫목을 닮네

차가운 빙벽 사이로 봄날 차 한 잔
꽃파리로 돌멩이 찻잔에 마음잡아
사방팔방 짙은 마음 속을 곁눈질
정 나눔 세상에 똥바가지로 살고 싶네.

아름다운 남김

돌 벽화에 이끼들 울림소리
사라진 옛터자리
안타까워 남은 사연
키 높이로 쌓아 올린
논바닥에 묻힌 도자기 파편무늬
날마다 햇빛에 반짝이네

또 찾아보는 삶
추억을 선택한 빛 색깔
바꿀 수 없는 아름다운 선미
돌이킬 뜻 없는 가마터
질그릇 장이로 살 수 있는 용기
긴 세월 읽어온 그 자리 빛

산길 들길 걷는 무늬 나그네
삶이 이어졌던 통 이야기들
미련 없는 찻잎이 늘 푸르게
생각 갖는 마음은 자유로워라.

금빛 찻자리

아침 깨우는 검은 빛 찻자리
가을빛 서릿발에 금빛 발효차
금빛 방울에 가슴 채우듯
내 곁 사방이 온통 반사경이다

단풍에 움츠린 내 주위
발효차 향 두려움 없이 풍겨
그리움 묻힌 거리 가을맛 찾아
거칠어진 추억을 기억해낸다

자주 펴는 찻자리 숲길
추억도 살아있는 듯 먼 사랑
어떻게 지난 기록을 풀까
화려한 생각을 품었던 가슴
금빛 풍경 닿도록 손 모았네

사랑의 잔여물이 금빛 몸짓
찻꽃 방울무늬를 닮아
노을빛 사라진 밤하늘
별들만 눈망울로 반짝이네.

자연을 벗하며

청보리 밭길 걸어
종달새 벗들 얼굴 익히며
풀밭 소나기 몰고 와서
청포차* 마시러 간다

도도하게 서있는 목석
문 열어 고독의 잠 깨우는
만년 걸기에
마시는 차 한 잔 더 아름답다

속옷까지 다 벗어 버리고
슬퍼하던 기록마저 지우고
풀 위로 달리는 사슴떼
아이들 닮게 웃자고 하네

행복이란 한 가락 찻자리
빛 따라 마시는 도선차**
즐겁게 흩날리는 깃발
서러운 가슴에도 극락꽃 피네.

*청포차(清泡茶); 햇차의 푸른 빛 차
**도선차(道詵茶); 도선국사가 광양
  옥천사 거주할 때 만든 차명

차밭의 몸짓

봄아씨 밤마다 차씨 생각
단단한 꿀 껍질로 전쟁준비
새 생명 차나무 심은 전쟁 흔적
차밭은 언제나 적막 깨우는 인민재판
곡우 맞아 전쟁선포를 한다

찬 서리 바람 일으킨 언덕마다
4월은 찻잎 따는 자루가 전투병사
밭이랑에 투하되는 낙하 차씨
차밭마다 자리 찾아 향터 짓는다

푸른 자국 새겨진 땅바닥
세상 밖을 그리워 전쟁 끝나기 소원
언제나 차밭은 잔인한 바람의 전쟁터
푸른 전쟁터에 차밭에 불길 솟네

욕심이 돌담 쌓아 하얀 안개 덮고
희생이 남긴 차 이름
다섯 가지 맛멋이 태양머리로 뭉친
푸르를 차밭은 꿈꾸는 여인이다.

찻꽃 보듯이

임아 날 보고 싶으면 걸었던 그 길
읽어온 차밭 길에 맺어진 사연
마른 억새 잎만 보지 말라

길 밑바닥에 잡꽃들이
잡혀 있는 그곳에 나 있어
흙 반죽 아니라 긴 세월의 아픔이다

깊은 밤마다 바람이 구름을 흔들어
파도 위의 갈대를 잡고 춤추듯
꽃편지 쓸 수 있는 사랑터
한 번 이야기로 찻꽃 될 수 있었다

티 없이 깨끗하게 피는 모습
차실 열어 볼 기쁨이 닮은 꼴
예뻐질 화장보다 더 밝은 마음
앉아서 찻꽃 될까 상상하기보다
억새처럼 키 지켜보고 싶다 해라.

찻꽃이라 불러

녹동골 언덕
갯바람 몽돌 젖어 피는 찻꽃
봄부터 숨차게 걸어온 그곳
마른 속 모르고 어실랑 바라본다.

강변 바닥에 통나무 길 닦고
물장구치는 계명봉 그림자 터
흙 반죽 강물에 풀어 짓는 농사
푸른 물 샘터는 언제나 풍년이다

깊은 밤마다 맑은 물맛 보이듯
바람 흔들림에 찻꽃 닮은 녹동마을
그렇게 넘길 수 없는 꽃 층층대
너의 원대로 녹동차라 부르고 싶다

청춘을 불 태워 일으켜 세운 혼적
고향 떠나 움직이는 많은 꿈들
조용한 첫자리보다 마상찻잔*, 잡고
강하게 걸어가게 한다.

*마상찻잔(馬上茶盞); 말 위에서 마시는 찻잔

녹차 마음

바람 없이 흔들리는 허 깃발
대상 없어 산란한 푸른 자리
내 따로 너 따로 찻잎 아니야
찻잔에 가득 취어진 녹차 있네

다관(茶罐)에 펄펄 끓는 찻물
너나없이 마셔봐 봐야 녹차 맛
그렇게 한쪽만 믿었던 마음 싫어
푹 익힌 푸른 찻맛이 가슴 적시네

그림자 샘 깊이 세우는 녹차 빛 향
마음이 늘 파랑이 되어
차밭은 입맛 아니라 다향 느낄 노래
저녁별은 푸른 바람을 잠재운다

바다가 출렁여 배 뜨고
용명 체액이 끓어야 꿈의 날 있어
가슴마다 퇴색되는 신음소리보다
바다의 사랑으로 살리란 마음 있다네.

찻꽃잎 사랑

버선발로 걸었던 그 길
잡풀 매는 차밭 저 아씨
슬픔 맺는 호미 끝 자루마다
채워지는 찻꽃 사랑 밝아 피네

빈항아리 찰떡사랑
호미 끝에 맺어진 그리움
숨결도 찻맛 청춘 가슴
가을 찻꽃에 열망진 사랑

꼬부랑 차밭 길 멀고 멀어도
뻐꾹새 울음에 추억 날리며
자전거 바퀴처럼 이어온 사랑
내 가슴에 이차돈* 피 되어 내린다

아, 위대한 가을의 다향이
홀로 새기는 걸음은 그리움의 길
날마다 반짝이는 나그네 쉼터
사랑 무지개로 찻꽃 그린다네.

*이차돈; 신라시대 불교 전래로 순교한 사람

제4부

양(養)

— 양생건강(養生健康)

병 없는 삶, 건강한 삶, 행복한 삶, 스스로 즐거움 만듦. 차 한 잔이 보약

만고장생 능수회 꽃 (가락 숭선전 귀두)

가을 밤

마을 산자락의 밤
어디서 귀뚜라미 운다

가을밤에 들어선 황혼
소란한 논길에 부딪친 농구(農具)
적막에 목말라 마시는 가을 찻맛이다

어둠 속 왕래하는 경운기소리
밤 깊음 잃고 울고 있으니
도깨비떼 저녁 찻자리 등 밝힌다

노래하는 밤을 밝히는 발전기
노랫소리로 끓이는 양망차*
밤하늘 별사랑 마시고 싶다

밤안개 묻힌 청춘 불타는 차 한 잔
밤새도록 휘청대는 서울 거리
산촌의 불빛이 도시 닮아 밤새운다.

*양망차(養望茶); 건강(보조차)을 위하여 마시는 차명

부처가 차 공양

먼동 밝힌 4.8
아기부처가 무애찻잔 들고
종로 거리에 감로 외침소리
이 세상 곳곳에 자비를 놓다

눈으로 보고 귀로 듣는 우주정보
참진리의 종소리 외쳐 넓어
헌다의 육법공양 저 찬탄소리
온 누리가 자비광명 향기로다

연등이 어두운 민주화 밝게
베풂의 연등 그늘진 곳곳
나눔의 연등 새 생명
온 누리 밝히는 연등 빛이다

소외계층 곳곳 찾는 애기동자
차 한 잔 베풂이 자비 연등빛
곳곳에 밝음 폭풍 일으켜 세워
사람과 부처가 둘 아닌 하나로다.

단비 내리는 차밭

가슴 저으며 흐느끼는 가랑비
주적주적 내리며
목말라 뻗는 빈손
꿈 하나로 몸숨 되살아
쉬운 듯 푸르게 누린 차밭

한평생 바람 자주 부는 날
촉촉이 내린 뜨거운 단비
목청에 솟는 새싹 눈물
수줍게 달아 깨운 사나이
기다림 계절마다 차밭 넘친다

보이지도 않는 구석진 곳
새끼에 젖꼭지 물리는 젊은 모성애
지켜보는 세계로 몸부림치는
별들이 단비 내리는 차밭
새싹 피워 낼 생명이 또 살아있다.

마음 작설 흔적

마음이 흔들릴 때
나도 가슴 따라 흔들려
그 날을 향하는 날
녹차 멋이 있었나 보다

늘 그렇게 마련한 자리
흔들림이
파 놓은 샘의 흐름
다담이 즐거운 노래

바람이 세상 뒤집는 날
그 순간에
꿈꾸려 했던 행복도
꿈의 신음소리
차이야기 그 흔적일 뿐
침묵을 깨는 바다가 된다.

차 씨앗을 심고

바람 없는 깃발에 심난한 마음
내 차실 기쁨이 찻잔에 자욱 머물러
바람 따라 솔솔 창 열며 들어온다

다관(茶罐)에 펄펄 물 끓이는 소리
내 있나 없나를 점괘로 보았다
그렇게 목말라 한 새소리가 졸졸 들어
내 가슴을 흡족히 적시는 깊은 샘

마음이 파랑 되어 방긋 웃는 모습
저녁별이 웃어 바람을 잠재워
출렁이는 배가 생명을 진통시킨다

행복을 꿈꾸려는 새 생명이 펄펄 살아
가슴을 달려는 자동차도 쟁쟁거리며
사랑에 빠져 닫혀 있던 갈등을 풀고
솔솔 밖으로 새 모습을 밝힌다.

황토사발

황톳빛이 토종이다
동해 햇살이 아침 얼굴
황토를 닮아
황톳빛은 어디나 찬란하다

찻자리에 황토사발이 일품
진붉은 황토밭의 진멋
빨래 멍멍이로 삼천만 번 해도
황톳빛 삶은 살아있다

옹기 앉은 장대에 된장빛
사기쟁이가 빚어낸 막사발
황톳빛 은근에 끈기의 멋
태양 아래서 비굴함이 없네

한민족 밥그릇에 이정표
작설차 그 맛, 빛 그리고 멋
내 마음 바꿀 수 없는 토종모습
한민족 역사에 가뭄 없는 황톳빛이라.

찻물의 힘

마음의 물은 바위 뚫어 모래를 낳고
큰 배 높이 들어 찻상을 펴고
산을 옮기고 쇠 녹여 찻자리 놓고
물 끓는 기운이 운기차를 우린다

옹달샘 물 끓어야 참 찻맛 내고
자연 움직여야 새 세상 힘 생겨
세상살이 찻물 같은 넓은 정
계절의 물소리에 흥과 멋이 생긴다

녹차를 우리면 우릴수록 맛 생기고
깊은 곳, 낮은 곳, 바위 굴리는 노래방
약하게 강하게 찻물 따라 차사랑
부드러워 굳센 것에 평화를 붓는다

끝도 시작 없는 온 누리에 베풂
말 없이 격차 없이 다툼 없는 나눔
어제나 찻물의 힘 따라 멋스러움
나라를 다스릴 자격을 갖춘다네.

봄 찻잔 속

세월이 찻잔인지
뇌성(雷聲)이 세월이지
세월에 빠진 봄은
앙심 없는 들길을
초록으로 그림 그리네

때 묻은 찻잔 무늬
우리들 찻물 청춘
잠깬 사랑이 찻맛
인생 즐기는 찻멋
푸른 새싹이 파릇파릇하네

무거운 삶을 지고
화려한 추위에 성숙한
봄이 자리하였으니
그 흔적이 찻잔 무늬
가슴 속 뼛속 꽃이 피네.

제주 선돌에 작설 심어

바다 건너 사람 사는 제주도
지구촌 나이로 이룩한 그 땅
수 천여 가지 식물이 살아온다

돌선 바위 틈 천진암 지어
벚나무 조상 터에 차밭 일구려
1979년 2월 17일 작설로 정 맺어
백간이 선돌에 작설 옮겨 왔다

한라산 선돌언덕 양지바른 쪽
괭이질, 땅고르기 수백의 땀
수탉이 알 품는 듯 차씨 심어
기원*은 글 짓고 백간**이 글 쓰고
여초***가 108배 읽고 지환**이 목탁을 친다

하동 차씨 선돌 시집 왔다 소문
나날이 흙 품고 물 마셔 새잎 솟아
선돌로 시집 온 하동 차씨 이야기
세월 따라 제주 선돌차 이름 달아
하동댁 차나무로 이름 부른다.

*기원; 필자
**백간, 지환; 제주 선돌에
사는 스님명
*** 여초; 서예가

북천 코스모스

나림*마을 가까워
북천 기차역
시간표 모르고
서로가 서로를 묻고 산다

비 오는 날
바람 부는 날
녹차 마시고 술 마시고
기차 타고 달린다

푸른 황금들
코스모스 핀 철길
산자락에 알밤소리
북천마을이 바쁘다

산 넘고 넘어 오는
멋쟁이의 휘파람소리
오봉산 찻맛에 취해
코스모스 등 밝힌 북천이라.

*나림(那林); 소설가 이병주(1921~1992)의 호, 하동군 북천 출신

세월의 흔적

푸른 무늬 칠한 것 아닌 듯한
꽃잎은 겨울 못 이겨
한 철 이어온 푸름도 예쁨도
그림자뿐 영원을 남긴 것 없네

차 한 잔 마실 여유 없이 쫓긴 그날들
세월이 수레처럼 굴러가고
뚱뚱 걷는 아이가 달리는 모습
세월 탈바꿈에 행복 없이 갔다네

도요지에 남은 파편 미련 안타까워
누구라 이름 없이 살았다 아닌 조각
누가 세월 잡고 그 자리 하소연할까
차통 마실 차가 떨어져 있네

종소리 울림 파장 따라 먼 길 떠난 채
다 버린 그 자리 터의 이야기뿐
천년 감탄을 안부로 물어온 세월
외롭지 않게 남은 토산차* 맛 그대로였네.

*토산차(吐産茶); 이름 없는 재래종 차

차 한 잔 김삿갓

구름도 몰아치었던 정선고개
동강을 돌아가는 무거운 걸음
잡풀 덩굴에 희미한 삿갓 이야기
옥양목 빛 노을 맞아 정선고개 걷네

꼬리 물고 이어진 대관령 길
젖줄로 흐르는 동강배 타고 차 한 잔
숨소리 거칠어 찻잔이 목욕하듯
애달픈 마음 식히러 녹차 물 흐른다

죽장에 삿갓 쓴 나그네 발걸음
붓끝보다 늦어지는 초야차* 때문
발길이 느끼는 벼랑 산골 찻자리
산울림 메아리로 끓인 정선차** 점

펄럭이는 마음 자락 여린 피리소리
삿갓 바람의 제 멋 한바탕 지신밟기
아리랑, 아라리요 정선 찻자리 길 넘네.

*초야차(初夜茶); 초저녁에 연인과 마시는 차
**정선차(旌善茶); 달마가 정선고개 넘을 때 마신 차

차꾼 이 남자

거침없는 언어전쟁
얼음물 속에 조용히 흐르는
처음부터 벌거벗은 것 아닌데
세월 지내면 그 무리 속 차꾼 된다

저 차밭은 소박한 단풍길
나그네는 언제 봐도 얼룩 찻사발
좋은 차꾼 작설차 맛은 예나 같아
찻맛 느끼는 저 찻사발이 무엇인고

이름 없는 머슴아이 닮은 얼음빛에
붙잡은 내 체온이 습지색 무늬의 차향
소리 소문 없이 조용히 흐르고
얼굴빛 변함없는 듯 어울림하네

물소리, 바람소리, 천둥소리, 임소리
가을닭 닮은 임 노랫소리여
고맙게 느끼는 황차* 빛 남자
찻물 끓는 다관이 큰 인연이라.

*황차(黃茶); 찻잎을 숙성시킨 황색 차류

보름달 닦터

무한한 세월 오고 갈지라도
보름달 맞는 이 마음 새로이
반달차 한 잔에 그 향기 느끼며
보름달처럼 찻꽃 사랑 그리워라

산에 산 넘어 솟은 달
보름차 마시는 듯 멋 내어
그리움 불태워지는 말 한 마디에
애달픈 사랑에 춤추게 하였네

오늘 불러야 할 다향가의 노래
차사랑 소리도 맑아 밝은 바람
인연 깊은 그 찻잔 맛은 엄마사랑
하염없이 그리워 걷는 길 닦는다.

아름다운 다향

남강보다 더 푸른 녹동골
네 모든 것 다 바쳐 삶 얻은 그 터
차나무 잎 반짝이는 깊은 임 눈빛
꽃 닮은 임 아롱다롱 혼돈 없다네

한천다실에 늘어놓는 녹동골 찻판
성못길을 함께 하였던 그 임
녹동차 마셨던 그 찻자리
입 맞추었던 그 자리 다향 피었다

외로워 허탕친 녹지산 언덕고개
품어주는 묵은 다향에 푹 적신 추억
노래 지어 불러 주었던 곡차 점주인
고운 목소리 녹동골 닮았다

차밭은 내 꿈, 내 희망 낳은 그 터
어머니 속살로 눈길 모아 심은 차나무
꿈 주어 손 마음이 차 만들어 낸 녹동차
어머니 손맛 차향기로 누가 새로워할까.

차밭농장에 살아

해 떠오른 차밭은 내 삶터
똥개 참새 들쥐가 차나무 울타리
산수유, 감나무, 라일락 그늘 지어
등산길 좋아 나무꾼으로 산다

연못에 오줌 싸는 작설친구
물길 따라가는 가재, 물방개, 논고동
파리떼, 거머리, 물장구의 수영장
차밭골 곳곳이 남작 이룩한다

밤마다 차실에 앉아 친구
바람 따라 촛불 흔들고
독서방 친구 글 읽고, 글 쓰고
녹동골은 바쁘게 산다

오동나무 바람에 봉황새 날고
차밭 이랑에 들새 집지어
철철이 녹차타령 노래 부르고
들풀꽃 친구로 자연 읽고 산다.

묘기 있는 찻잎

햇살 맑게 비쳐주는 좋은 날
차밭에 나가 푸른 찻잎을 본다

기상대 묘기를 닮은 물방울
얇은 바람이 불어오면 춤추고
큰 바람이 휘날리는 태극기
비 오는 날 아름다운 청소꾼
모두가 나라 사랑 봉사자였다

햇빛이 반짝이는 날마다 반사경
찻잎이 내 가슴 안길 때 사랑을
평온한 저녁노을로 물들던 날
새로운 사랑 꿈을 꾸게 한다

살아가는 길목에 삶 향에 취한 문화
그 입맛 못 잊는 속 깊은 옛 이야기
어른들 차시 마시는 풍속보다 차 멋
물 흐르듯 이어진 길 만들어 갈 것이다.

추위 맞는 차나무

다리 건너 꿈 이루고 싶을
새벽소리 한 마디 듣고 싶어
국화꽃 향기 아닌 홍화꽃 좋아
황차향 그리는 느낌이 멋있다

바위틈 차나무가 더 푸르고
순결 지키는 계곡 언덕 차밭들
요즘 날씨가 첫얼음 터트린 후로
힘겨운 걸음 속에 푹 파묻힌 낙엽

땅 입김 감싸주는 내어놓은 내 가슴
따뜻함 느끼는 차나무 애를 썼어
집내려 넜을 아니하여 힘겨워
넉넉한 차나무로 가슴 지켜 뵈네

작은 이야기로 진실 알리는 마음
전달할 수 있는 듯 바람의 계절
온 누리 행복에 낭만 있는 차나무
어색함보다 당당한 희생이어야 한다.

새 바람

없는 땅이 흔들린다.
바람 없이 나뭇잎 움직인다
밝은 하늘에 뗴비 내린다
걷는 듯 흔들림마저 잃었다

낮거리, 촛불을 밝히며
무리지어 촛불 밝히는 골목
헛소리꾼 뗴가 이웃 개 울리고
온 누리가 때 없이 흔들리네

다로(茶爐)에 불길 솟아
찻물이 끓어 소리 내어
말죽거리에 태극기가 휘날려
찻자리마다 새 다향 혼적 파네

거짓말 없이 마시는 무궁화차*
못 가려 찾아 보이지 아니한 바람
그냥 멋 몰라 바람결 떠나는 것들
그렇게 웃던 모습 뿌리째 벗었다네.

*무궁화차; 무궁화 꽃잎으로 만든 차

녹동차 맛 못 잊어라

추억의 잔소리 바람을 타네
곡우 앞 친구 우전*, 뒤 친구 전후**
첫자리 4월 20일 풍년 찻잎 따서
볶고 덖고 비비어 만든 작설차 맛
첫사랑 생각에 혀 적시네

언젠가 동천 물마시던 친구들
녹동골에 살았던 그 핫바지들
막사발 찻잔으로 녹동차 마셔
그 세월의 이빨마저 골동품 닮아간다

이웃 없나를 바라듯 여유
있나 그렇게 목마르는 삶
지금은 어디에 녹동 가마 두고
녹차 끓이는지 지난 세월 새김질하네

깊은 샘이 적시는 눈빛이 메우는
마음의 꿈도 맛도 멋의 흔적
밤마다 녹동골 추억 그리워
임 없는 마음이 물병처럼 출렁 흐른다.

* 우전(雨前); 곡우절 이전 차
** 전후(前後) ; 곡우절 이후 차

제5부

복(福)

— 복지후생(福祉厚生)

행복은 사람이 짓는 것, 욕심 버리라, 적선하라.
나눔, 베풂, 배려 작설 한 잔 먹음세

충남 보령 시비공원 내 차시비 제막식

작설 키우는 마음

작설나무를 알고 싶어
차맛 없는 삶 잊어버릴 수 없어
입맛에 시 쓰고 읽고 짓고 싶다

무정한 세월 살아가는 건 아니지만
제 자리 찾는 뜻이 곧 작설 마음
먼 길 가야 하기에 작설 간판 세웠다

후회 없이 자갈길 걸으면서
낙락장송 나뭇가지처럼 낙서가 좋아
문 단비 달재 작설 한 잔이 고마움이다

선인이 남긴 설함 뒤집어 깨달음 얻어
자비를 본받은 내 모습 키워 낼 수 있게
차인이 가야 할 찻자리의 길 밝기 바란다.

밥상 위 찻잔

밥상 위 달무리가 핀다
저 그믐달이
달빛마다 다른 찻잔
소복이 찻잔 빛 모였네

더얼지얼 휘영청 찻잔
둥근 달 있든 없든 그 밥상
된장 김치찌개 그 맛
그 향기 보름달 닮았다

그래 그 맛이 어머니 냄새
우리들 그 얼굴이 찻멋
그렇게 살아온 자취들
어머니 걸레질이 밥상 그대로였다.

걸망에 찻꽃 피네

만덕골에 말뚝을 깊이 박아
찻꽃 피우는 걸망길 걸어
소리 없이 물고물고 날 때
찻꽃 피는 눈독이 오른다

차밭길로 살았던 한철 밀짚 대모자
늪 아래에 마른 갈대 꽃피어
불타게 서서히 지켜보는 그 순간
걸망 찾으러 산길 걸어갔다

밤마다 뒤집었던 쓰레기통
금동암 금동차* 한 잔 냄새
바람 일고 걸망 날아
지공법사 꿈에 연꽃이 피었네.

*금동차(쭉童茶); 만덕고개에서 생산되는 차명

녹동골의 봄

어제 없이 봄날이 왔어
차나무 골짝 더 넓고 푸르게
뼈진 웃음자리가 제법 멋이네

잔디 밭에 옮겨놓은 차나무
방실 반짝 짓는 차나무
녹동골 차나무 이렇게 살지

번득이는 그 날씨마다
찻잔 속은 찻맛이고
차실 안은 녹차 향기 채우다

날개 벌리듯 사슴 등마다
새벽을 기다리는 순간처럼
녹동골 봄은 살랑살랑 온다네.

남강에 비친 목련꽃

남강 물에 비친 봄소식
몸 부딪치는 꽃은 괴로움보다
사랑의 기쁨
못 이루고 있는 만남이다

창 밖에 윙윙 찬바람 울고
그리움마저 세상 어디선가
나와 같이 후회하고 있을 것
임 그리워 혼자 마시는 목련꽃 차
누라누라 생각에 젖는다

강변은 어디쯤 어두움 있을까
대밭 속에 첫사랑 같은 목련꽃
한 겹 한 겹 봄바람 쌓이리라 믿으면서
머리끝까지 이불 덮어쓰고 창을 연다.

초봄의 소식

차밭에 쌓였던 겨울 잎을 털다
좁힌 남쪽 바람을 만나
겨울 낙엽 아래서
돋고 있는 봄소식을 본다

겨울 바람소리 듣고
눈이 내리는 소리 듣고
얼음판 걷는 어른 발자국 소리 듣고
개들과 뛰노는 아이들 소리 들었다

고드름 깨지는 짙은 소리
얼음 갈라지는 험한 소리
개구리 숨소리
겨울잠 깬 차나무 싹 낸다

산촌마다 숨어진 풀잎들
봄은 차밭에서 시작되어
닫혔던 겨울 문이 열리어
더 가까이 다가오는 새봄 맞는다.

차향 울타리

나를 위해 만든 찻자리
아침마다 차실에 앉아
녹차를 마시고 싶을 때
내, 순간에 잡을 생각한다

마음 깊은 골짝
누가 마음자리 잡았는지
울타리 밖을 눈 감으면
산 능선을 첩첩이 넘었다

지나간 말 잊은 세월동안
사람들끼리 차를 마시고
토산 찻자리에 왔던 놀이마당
생각만 해도 가슴이 벌렁대네

27 풋내기 녹동골 총각선생
64년 6월 보름에 빈 찻통 메고
내 삶 찾아 꼬부랑길 걸어
토산차 만남 더 즐기며 살았네.

만남

작은 냇물이 큰물 만나는 날
냇물 절벽에 폭포를 지어
바위 틈 사이로 차나무 동산 세워
절경의 강산도 이렇게 이룩한다

햇살이 사라지는 저녁노을
고운 마음이 노을 지고
맑은 하늘이 구름을 만나
가랑비 이슬비로 내린다

사람들이 녹차를 마시다가
뒤늦게 찻맛의 즐거움 알고
찻잔에 아름다운 멋을 느끼며
차 마시는 사랑에 행복 느낀다

오르막 내리막길 있듯이
삶에 얼룩진 그림자가 힘들 때
입술이 찻잔에 입무늬 그리듯
팽주 마음이 신비로 우려낸다.

방생

거북아, 왜 기다려야 하나
진주녹차, 마시고 남강 가라
새 생명 되게 놓아줄 터야
맑고 깨끗하여 살기 좋은 강
남강 지킴이 새 생명 되어라

눈빛 잃은 이웃에 새 빛 나눔
베풂의 봉사 일군 되게 차 한 잔
남강 물에 배 띄워 오락가락
남강 찾는 그 사람에 녹차복
큰 바다로 왕래길 남강이 좋아

거북아, 멋대로 놓아 주겠다
바다보다 진주 남강이 더 좋아
잡는 사람 없고 놓아 주는 사람
새 광명 눈 밝게 마음 맑게 베풂의 빛
온 누리에 차의 날 선포 축하할 거라.

봄 온다는 소식

산 넘어 눈 자국이 우둔한 흙탕길
임의 긴 기침에 봄 찾는 숨소리
쑥향 맛이 입혀 물린다

속살 아지랑이 찾아온 체온
그리운 임, 웃음 곱게 단장하고
텃밭 뇌송차*로 대접할 거야

새싹 발거리 핀 분홍 입술갈이
산 넘어 조붓한 오솔길 없는 차밭
파랑새 찾아온다고 야단이네

들길 논밭마다 소 좇는 목동소리
작설 향기마다 은빛 금빛 내려
농사꾼은 젊게 뛰어 칼날 세우네.

*뇌송차(惱頌茶); 번갯빛에 찻잎이 열린 어린 찻잎으로 우린 차

다정(茶情)에 기대어

차밭은 사람 길 달린다
차나무는 마을 있는 큰 바위
허공에 기대는 저 다정
차나무는 손덕에 살아간다

차밭골 가는 길마다
흐르는 냇물가의 차나무 언덕
새싹은 언제나
절기를 찾아 새로움을 기대한다

흙을 먹고 자라는 차나무
엄마 젖가슴에 기대어 자란 아이
하루 일과는 태양을 움직이고
산에 나무, 잡초가 푸르게 보인다

부부끼리 투덕이는 언쟁은 삶
차 마시는 친구가 역사를 만들고
청춘남녀가 참깨 볶는 미래
행운차는 내내 베풂에 나눔이 된다네.

임 온다 해

해님 벗이여
달님 꼬집어낸
별님 가리키니
가을비 온다는 은막

찻물 끓는 소리
대문 열린 가을 소식
임 오거나 말거나
먼 산(山) 바라보는 생각
눈썹에 매달린 저 거미줄

손에 쥐어
떼 정(情) 말하듯
갈대꽃 멋지게
임은 말없이 걷네.

소중한 형제

침침한 호롱불 밑에 떼지어
살아온 수많은 인연들
서로 웃고 희망차로 노래했다

설사약으로 등차* 마셔
사랑 새로워 읽어 내린 이슬빛
반기듯 저 쪽 가까워
코스모스 철길이 보였다

풍랑의 소용돌이가 땀 짓는
하늘빛 보았고 계절을 잊은 채
날개로 푸른 하늘에 찻자리 열다

다산 형 헤어진 두려움의 땅
서로 다른 길 그리움이 어릴 때 작설
마셨던 그 입맛 인연 천년을 접네.

*등차(橙茶); 등나무 꽃차

차꾼이여

차밭은 농사 일군의 마음자리
조용히 흐르는 냇가 길
별것 아닌 잡꽃 판의 세월
딱 무리 속에 사랑 있다더라

저 차밭 속에 사는 차꾼
오동잎 나그네로 언제 봐도 좋아
소박이 얼룩진 고려 차병 닮아
차사발로 채우는 참 녹차 맛이다

찻자리에 찻물 끓는 소리
주먹 불끈 쥐는 차멋이 낸 체온
얼음조각에 덮여 불꽃 무늬
차 향기에 행복 흐르고 있네

변하지 아니 없는 아늑한 몸짓
물소리, 바람소리, 사랑소리, 기적 닮아
멈춤 없이 울리는 신문고로 느끼는 자랑
끓는 다관을 가진 저 남자가 차꾼이야.

좋은 차 맛이여

먼 곳보다 가까운 산촌마루
석유등 밑에 오순도순 마주 앉아
이 밤 찻자리 읽어온 차 나그네들
저 골목 달이 네 손가락 꼬집는다

끈끈한 정 열기로 구토질하며
구수한 좌송차 끓이어
서러운 입맛에 인정 넘은 듯
어디 없는 다담송가에 불붙이네

쩍쩍 갈라진 흙벽 틈에 명주실꾸리
귀뚜라미 추억 토해낸 듯 하얀 엿가락
방귀소리 속살도 고향 없이 몰려
사랑도 그리움도 세상살이가 산 넘는다

학사차(學士茶)* 한 잔 끓이는 동안
제비는 날마다 높이 뜨는 잠자리 끌어
안락이 낮에 나온 달빛의 숨바꼭질
귓속말 차향기가 천릿길 희망을 푼다.

*학사차(學士茶); 조선조 선비들이 함양 학사루에서 마신 차

좌송차* 맛 좋아

장터 산촌마루 호롱불 캐고 오순도순
마주앉아 요란히 차 마시는 차꾼소리
그 소리로 골목마다 말꼬리 잡는다

눈짓보다 속마음으로 정자는 새로운 길
서서히 적실 때 좌송차 끓는 서러운 입맛
알아낸 듯 저 하늘이 밝게 웃는다

늙은 이빨 틈 같은 흙벽돌 사이 밤 귀뚜리
명주실에 가야금 담아 넘는 산촌마루
핫바지 방귀소리로 하얀 갈대꽃을 울린다

그리워 차시 읽는 이빨 사이는 세월의 삶
아름다움 잡아먹을 뿐 안타까운 최루탄 냄새
투병에 불과할 뿐 차맛에 무상함을 느낄 뿐이다.

*좌송차(矬松茶); 소나무 잎을 잘게 부수어 만든 차

한 마음

마음 속에
생각 차이의 언어반죽
한 순간에 찻잔 바뀐다

만남의 차이
밤낮이 바꾸어지고
찻자리 따라 찻잔 다르고
끓이는 차맛 다르다

잡초꽃 많이 피는 산들
누구의 책임 아니고
오직 자신 마음 때문이다

차 한 잔 마시는 멋도
마음먹기에 따라
멋진 하루를 맞는 하루야
새 세상 만듦 한 순간이다.

행복한 그대로

잠자리에 마시는 차 한 잔
평소 맛 그대로가 그 차 향기
취하는 찻잔 멋 손님 따라 다르고
마시는 소리 그대로가 내 몸에 혼 낳는다

맑은 아침 이슬 받아 끓이는 다향
누가 말하여도 초의(草衣) 닮았다는
눈 깜빡이로 많은 행복 차가 생명
차실에 잠든 내 자신의 영혼 깨운다

즐거움 찾아 온갖 것 다 마셔도 화석
명상이 날마다 향기로운 차실은 만들어
기다리는 마음길 터득하지 못해
인생 비결 쏟아 더 넓은 흔적이 몸을 감싼다.

녹차의 맛

사랑을 몰랐습니다
베푼 바 없습니다.
여보, 불러본 적 없습니다
차나무는 녹차 맛 아니더라

모르는 것 없다 할지라도
하늘 아래 무엇이 존재할까
아름다운 녹차 향기
거짓을 독차지할 줄이야

헌옷 벗고 새옷 입는 봄바람
입을 줄 모르게 꽃나이들
알몸만 남은 곳곳을 보아
어디 보아야 할 허망한 세월

망루에 혼자 앉아 녹차 한 잔
내 욕심에 발자취 없는 흔적
지난 삶 낙엽 헤쳐 읽어 내리고
온 생각이 인생 무상할 뿐이다.

호박꽃 닮아

호박꽃보다 못 생겨
차실 앞에 핀 개나리, 산수유
꽃보다 못한 삶을 청하네

영애의 큰 눈, 고목 백목련꽃
어머니 생각에 라일락꽃
밤마다 저 달빛 바라본다

장난 없이 늘어놓는 호박덩굴
허공에 매달리는 차향의 생명
밥상머리마다 칼 갈던 그 터
아득한 역사로 이어온 염주알

뜨거운 용기로 목숨 사르며
곡차에 취해도 노랫가락
혼설의 무리를 몰아내고
무궁화 꽃에 민족혼 제겨낸다.

작설차(茶)로 덖어내는 심미적(審美的) 상상력

김 완 용
(시인, 한국공무원문학협회 회장)

【1】

한국공무원문학협회에서 김기원 시인을 만난 것이 20여 년이 되었다. 김기원 시인은 근대 차 시인의 대부라 할 만큼 우리나라 녹차를 소재로 7권의 시집을 냈다. 그러니까 녹차, 맛, 향, 멋에 깊이가 있다. 뿐만 아니라 한국차학회 고문 및 원로회의 초대의장, 한국차인연합회 고문, 한국차문화연합회 고문, 한국성균관유도회 고문, 한국차문화중앙협회 자문, 한국토산차연구원 본회 고문 등으로서도 한국문학의 지평을 열어가는 데 성원을 아끼지 않는 시인이다. 한국문인협회 자문위원, 국제펜한국본부 이사, 남강문학협회장, 부산문인협회 새부산시협, 한국문학신문 심사위원, 국가원로회의 원로위원, 일간신문 칼럼위원 등 분주히 활동을 하지만 한국공무원문학협회의 모든 행사에는 빠짐없이 달려온다. 진주는 천릿길, 멀다 않고 달려오는 그의 문학사랑 열정은 대단하다.

최근 내가 김기원 시인의 시집을 받아본 것이 2008년에 상재한 제5시집 『녹동골에 차(茶)가 있네』였다. 이 시집을 읽으며 김기원 시인이 선차(禪茶)와 다도(茶道)를 통해 차시(茶詩)의 심상(心象)을 우려내는 차시 언어를, 시적 묘사가 명인적 기술이 있음을 깊게 통찰하여 새삼스럽게 차의 문학세계를 접하게 된다.

　그런데 코로나19의 창궐로 세상이 모두 시끄러운 이 시기에 『"와" 작설차 한 잔』이라는 제목의 원고 한 뭉치가 나에게 등기우편으로 배달되었다. 출간을 앞두고 최종 점검해 보자는 의미로 보내온 김기원 시인의 원고를 읽으며, 역시 새로 상재하고자 하는 시편들도 삶의 현장에서 닦어내는 상상력의 응집(凝集)과 40여 종류의 명차를 마셨고 각각 다른 명차에 숨은 맛, 향, 멋을 교설한 세계는 차의 진인으로 결론을 내렸다.

　시란 경험의 토대 위에 상상의 집을 짓는 것과 같다. 또한 그 시를 읽는 독자는 시인과 공감대를 형성하게 되는 것이고, 결국 시라는 문학 장르를 통하여 사회적 통섭을 이루는 것이다. 그러나 김기원 시인은 이제 인생길 황혼의 느낌보다 고목나무에 꽃을 피우고 있음은 작설차 때문으로 새삼 느끼게 된 이유는 『"와" 작설차 한 잔』 원고를 검토하는 과정에 통찰되었고, 그가 경험하고 살아온 세월의 흔적들을 놓치지 않고 시라는 하나의 문학적 형식으로 남기고 싶은 것들이었다.

　시는 현재의 장르이다. 시의 주체인 시인의 생은 언제나 현재에 있다. 시인은 시와 함께 현재라는 유일한 시제(時制)에 존재한다. 체험적 과거와 삶의 실체적 각성의 순간인 현재, 그리고 꿈꾸는 상상적 미래를 현재형으로 실현시킨다.

김기원 시인은 80평생 살아온 경험의 토대 위에 녹차 향의 멋이란 상상의 미래를 현재형으로 실현시키고 있음을 본다. 그 현재형의 현장은 다도(茶道)이며, 우려진 차맛에 삶의 공식은 다향이 머릿속을 휘감아 돈다. 김 시인의 시는 질박(質樸)하다. 시끄럽지 않고 아련하게 향수를 불러일으킨다. 현대성에 지친 독자의 가슴에 닿아서 차맛의 원형(原形)의 정직함을 그대로 느끼게 하여 포근히 감싸주는 고향과 같은 삶의 천성(天性)을 회복하는 힘이 있다.

【2】

시를 효용론적 관점에서 '전달'로 본다. 곧 독자에게 끼치는 어떤 효과를 노리는 관점이다. 그러기 위해서는 가르치고 즐거움을 주려는 의도를 가진 말하는 그림을 그려야 한다. 그것이 효용론적 관점에서 내리는 정의라고 본다. 김 시인은 시를 통한 전달의 매개체로 자연과, 고향과 삶의 터전인 녹차 밭을 배경으로 은은한 차향을 우리듯 시를 쓴다.

시인이나 소설가들은 자기 개성에 맞춰 작품집의 제목을 정한다. 그래야 훗날 독자들은 작가의 이름을 잊어도 특이한 책의 제목을 기억해 내는 것이다. 김 시인도 녹차 사랑에 젖어 녹차에 관한 시들만 쓴다.

김 시인이 새로 엮는 시집 『"와" 작설차 한 잔』은 다섯 개의 부로 나누어졌는데, '1부 경(敬)－萬茶同根 : 작설 한 사발 담아 한 뿌리 마음으로 나눔 되게 마시는 찻자리, 2부 적(寂)－茶信一味 : 천상에 내 마음 고요히 앉아 천상천하 소리 흐름 뜻 듣는 찻자리에 작설차 한 잔 하세, 3부 낙(樂)−自然同樂 : 태고신비로 생긴 그대로 웃고 울고 지낼 자연스러운 멋 녹이는 차향, 4부 양(養)−養生健康 : 건강한 삶은 스스로 즐거움 만들어 낼 작설 한 잔, 5부 복(福)−福祉厚生 : 행복은 사람이 짓는 것, 나누어 보라. 불행을 당할 때 나눔, 베풂, 그리고 배려, 그 마음대로 작설차 한 잔,' 이렇듯 각부의 부제가 특이하게 나누어져 있었다. 모두 40여 종류의 차(茶)에 관한 부제였다. 이것은 김 시인의 문학세계에 새로운 도전의 시가 아니라 인생을 관조하며 쓴 시임을 바로 알 수 있다. 그래서 훗날에 사람들은 '김 기원 시인' 이라기보다 '녹동골 차(茶)시인' 이라 불려질 것이다.

시집을 들여다보면 먼저 차로 인하여 서로 만나게 되고, 차를 마시게 되어 천상천하의 소리를 듣고, 자연스러운 차향에 취해 울고 웃으며, 건강한 삶과 즐거움을 만들어 낼 작설차 한 잔 함으로써 나눔을 생각하게 하는 원천(源泉)이 되어 베풂과 배려의 마음을 갖자는 시인의 높은 뜻이 담겨 있음을 본다.

먼저 차로 인한 '소중한 만남' 부터 들여다보자.

우리는 하나였다
먼 세상 사람도 아니고
닮은 노래를 부르며
동행차 마시는 얼굴
포근한 아침나라에 사는 사람들

새 사랑을 읽어 내리며
뾰족이 부딪치는 틈마다
반기듯 익히는 무궁화 꽃길
때때로 소용돌이치는 삶길 위에
여운의 땀 짓는 등대빛 이야기
찻자리에 앉아 연다

찻잎이 느끼는 공감
원점을 못 속이는 길에서
포근한 나라의 상징처럼 만난
기적의 아침을 여는 사람들
오늘만은 구두끈 묶기가 싫다.

- 「소중한 만남」 전문

김 시인은 「소중한 만남」에서 인연의 끈을 소중히 여기고 있다.
포근한 아침나라에 살고 있는 사람끼리 만나 다향에 젖는 날이면
미래도 없다. 오직 현재 속에서 지나온 세월의 흔적을 찻잔에 부어
놓고 회억의 계단을 내려가는 것이다. 고난의 길 떠나왔던 사람들
끼리 맺은 애국심으로 동행한 사람과 차 한 잔하며 하루를 열어놓
고 이별해야 하는 아쉬움이 남는다. 그러나 우리들의 소중한 만남
뒤에는 반드시 이별이 있는 법이었기에 보리수나무 밑에서 깨달음
을 얻은 '싯다르타(붓다)'도 윤회(輪廻)라는 가르침을 후세들에게
남겼을 것이다.

김 시인은 차가 좋아 녹동골에 산다. 그곳에 '한천다실'을 마련해 놓고 사람들을 맞는다. 언제나 만나면 반가운 얼굴들이 있기에 김 시인은 녹동골에서 녹동차와 함께 살고 있다. 그래서 김 시인은 「다향의 멋」이 운명이라 했다. 그리고 소중한 사람들과 찻잔을 마주하고 앉아 서로가 지닌 기억의 멋을 더듬으며 마음을 풀어야 하는 그 멋에 차 한 잔 마시는 천상의 소리를 듣고 있는 듯한 차의 멋은 아름다움 자연인 듯하다.

　　　삶 향기 속에 살며
　　　차 마시며 얻은 그 향기
　　　마음을 풀어야 하는 그 멋
　　　그대는 자신의 멋 느낀다

　　　삶 있다는 곳 다향의 골 멋
　　　얼마나 마셔야 떨어질까
　　　살아갈 삶 결정짓는 고뇌 멋
　　　살아온 삶을 돌이킬 그 멋
　　　다향이 멋을 맡을 수 있네

– 「다향의 멋」 중에서

황폐했던 고향들녘을 갈아 차나무를 심는 간절한 소망으로 새싹에 느끼는 소망이 곧 멋으로 격려하였다. 김 시인의 삶을 측도할 수 없는 고뇌의 고달픔을 다향의 멋으로 탈바꿈하는 것이 더 멋있어

보인다. 한 시절을 고달팠던 기억 때문에 울기도 해야 했고, 빈곤(貧困)의 세월 이기려고 힘들게 살았던 지난날이 모두 다향의 멋으로 가끔도 차시의 새로운 의미이었다. 시인은 이제 쉬어야 할 운명적 장소(터)를 멋으로 마련하였다. 그것이 녹동골 '한천다실' 인 것이다.

김기원 시인은 영원한 녹차 시인이다. 시 쓰기에 '밝은 눈을 지닌 시인', '그리움과 정감의 시인' 이다. 왜냐하면 김 시인의 시가 아무리 대상의 철저한 해체를 시도한다 할지라도 그는 역시 녹동골과 녹차향을 불어 넣는 서정성으로 상상력의 의미를 풀어냄으로써 독자는 김기원 문학의 진정성(眞正性)에 보다 가깝게, 그리고 따뜻하게 다가갈 수 있기 때문이다.

나림 집 가까워 했던 북천역
요란하게 헛물 쏘아
서로 어울림을 느낀다

비 내려 바람이 불어도
술도가 집은 진술 거르고
기차는 기찻길 달린다

푸른 들녘 철길 따라 기적소리
산에 산울림으로
북천역 산자락이 바쁘다

산언덕마다 멋쟁이 휘파람
다솔 찻맛에 취하니
다향만리의 삶 진하네.

– 「북천역」전문

'북천역'은 소설가 나림 이병주 선생의 고향역으로 김기원 시인과 인연 깊은 스토리가 있는 듯하다. 김기원 시인이 젊은 시절, 문학이 좋아 이병주 선배댁이 술도가 집이라 아마 자주 가서 괴롭혔던 모양이고 이병주 선배는 후배에게 술 한 잔 더 마시도록 배려한 모양이다. 또 가까운 다솔사 차를 마셨던 지난 추억이 많았던 과거를 기차소리에 묻어 보낸 과거의 기록은 시인의 목씨로 잊어짐이 아니었던 것이다. 북천역을 오가는 기차의 기적소리가 산자락을 흔들고 가면 술도가 집의 진술 냄새 풍기듯 다향에 이병주 선배가 김기원 시인의 마음을 흔들어 북천역 기차와, 산을 울리는 기적소리와, 녹동골에 퍼지는 다향의 맛이 어울림의 한마당으로 김 시인의 서정적 상상력을 도출해 냈을 것이다.

【3】

문명 속에서 원초적 생활에 향수를 느끼며 무구한 인간적인 것에의 회귀를 갈망하는 것이 현대인이다. 김 시인도 한결같이 위험과 공포와 권태와 절망으로부터 해방되려는 욕구가 있었을 것이다. 그래서 원초적 생활로의 회귀를 위해서 차를 마신다고 믿는다. 김 시인은 녹차 한 잔을 통하여 인간세상의 모든 사람들과 매체의 역할로 가교를 놓고 싶은 것이다.

　인생길 가다 보면 기쁘고 슬픈 일들이 많다. 인간은 누구나 살아가면서 마음 속 깊이 간직하였던 감정들을 밖으로 표출해 보고 싶어 한다. 그 감정의 표현들이 문자로 시가 되고 산문이 되어 비슷한 생각들을 갖는 사람끼리 공감대를 이루게 된다.

　이것이 문학이요, 이러한 문학은 사람과 사람을 잇는 가교의 역할을 단단히 하고 있으며, 새로운 세상을 열어가는 개척의 매체가 되기도 한다. 그래서 김 시인은 문학과 다도(茶道)의 길을 선택했을 것이다.

　　　저녁노을 때 산자락에 앉아
　　　다향을 느끼며
　　　옹기종기 모여 앉은 마을을 본다

　　　황혼이 들어선 들녘
　　　소란한 논길에 부딪쳐
　　　가을밤은 적막에 흐느낀다

　　　어둠 속 낮추어 엎드린 다정(茶亭)
　　　구절초의 밤이 깊어가도
　　　도깨비바람 떼 등불 켠다

　　　불빛마다 예찬하는 밤나비

아기 울음소리로 끓이는 아몽차
밤별끼리 마시는 차향 진하다

늙은 부부가 산촌을 묻어
백자 찻잔에 오묘한 향기에 취해
휘청거린 불빛 모르고 밤을 새운다.

- 「가을밤 산촌」 전문

시란 언어로 구성되는 미적 작품이다. 사람이 사용하는 언어에는
생활용어, 인식어, 산문어, 시어 등을 포함하고 있다. 여기에서 시
어는 좀 다른 성격을 지닌다. 산문어는 사실 전달의 매체적 성격을
농후하게 지니고 있는 반면에 시의 언어는 정감 전달을 목적으로
하는 시의 미적 매개체가 된다. 우선 「가을밤 산촌」은 제목부터가
서정성을 띠고 있다.

서정시의 장르적 특징은 무엇보다 시 정신 또는 시적 세계관이나
비전에서 발생한다. 시 정신은 단적으로 말해서 자아와 세계의 동
일성에 있다. 시는 상상력의 산물이다. 상상력도 이런 시적 세계관
의 문맥에서 정의될 수가 있다. 다시 말하면 자아와 세계와의 동일
성은 상상력의 작용에서 기인하는 것이다. 김 시인은 「가을밤 산
촌」에서 "다향을 느끼며/ 옹기종기 모여 앉은 마을을 본다// 황혼
이 들어선 들녘/ ⋯/ 가을밤은 적막에 흐느낀다// 어둠 속 낮추어
엎드린 다정(茶亭)/ ⋯/ 밤별끼리 마시는 차향/ ⋯/ 휘청거린 불빛 모
르고 밤을 새운다" 등의 서정적 모티브(motive)는 오랜 연륜과 습

작에서 나오는 김기원 시인만이 쓸 수 있는 특정적 상상력의 산물이다.

김 시인은 고향이자 영원한 안식처로 차밭이 있는 녹동골에 '한천다실'을 마련해 놓고 회억의 계단을 내려가 보기도 한다. 그리고 먼 옛날의 여인을 찻꽃에 비유하고 있다.

임아 날 보고 싶으면 걸었던 그 길
읽어온 차밭 길에 맺어진 사연
마른 억새 잎만 보지 말라

길 밑바닥에 잡꽃들이
잡혀 있는 그곳에 나 있어
흙 반죽 아니라 긴 세월의 아픔이다

깊은 밤마다 바람이 구름을 흔들어
파도 위의 갈대를 잡고 춤추듯
꽃편지 쓸 수 있는 사랑터
한 번 이야기로 찻꽃 될 수 있었다

티 없이 깨끗하게 피는 모습
차실 열어 볼 기쁨이 닮은 꼴
예뻐질 화장보다 더 밝은 마음
앉아서 찻꽃 될까 상상하기보다

억새처럼 키 지켜보고 싶다 해라.

- 「찻꽃 보듯이」 전문

시인은 묘사적 양식으로만 이미지를 사용하지 않는다. 비교(比較)에 의해서 관념들을 진술하고 전달한다. 「찻꽃 보듯이」에서 김 시인은 티 없이 깨끗하게 피는 찻꽃을 바라보면서 찻꽃에 옛 여인을 비유하며 상념(想念)에 젖는다. 어느 날 아름다운 나의 찻꽃이 될 수도 있었던 여인을……

【4】

건강한 삶은 스스로도 즐거움을 만든다. 김기원 시인은 다도(茶道)로 건강을 만드는 시인이다. 마음이 흔들릴 때 차밭에 나가 푸른 생명들을 만나고, 찻물 우려내는 여유로 세상을 산다. 「단비 내리는 차밭」, 「마음 작설 흔적」, 「찻물의 힘」, 「아름다운 다향」, 「차밭농장에 살아」 등은 차로 기인(起因)되는 건강한 삶을 노래하고 있는 시편들이다.

해 떠오른 차밭은 내 삶터
똥개 참새 들쥐가 차나무 울타리
산수유, 감나무, 라일락 그늘 지어
등산길 좋아 나무꾼으로 산다

연못에 오줌 싸는 작설친구

물길 따라가는 가재, 물방개, 논고동
파리떼, 거머리, 물장구의 수영장
차밭골 곳곳이 남작 이룩한다

밤마다 차실에 앉아 친구
바람 따라 촛불 흔들고
독서방 친구 글 읽고, 글 쓰고
녹동골은 바쁘게 산다

오동나무 바람에 봉황새 날고
차밭 이랑에 들새 집지어
철철이 녹차타령 노래 부르고
들풀꽃 친구로 자연 읽고 산다.

– 「차밭농장에 살아」 전문

    김기원 시인은 차밭을 일구고 찻잎을 덖으며 녹동골에서 자연인으로 살고 싶은 것이다. 그는 그러한 방식이 삶의 건강이라 생각을 한다.

    시의 언어는 정감 전달의 목적으로 하는 시의 미적 매개체가 된다. 그래서 시가 예술작품이기에 시어는 예술성을 지녀야 한다. 언어와 문학은 상호보완의 긴장관계에 있는 것으로 언어는 모든 문학적 대상의 주거라고 할 수 있다. 일상적인 생활 속에서 파생되는 사건들을 어떤 언어로 예술성을 가진 시를 쓸 것인가를 김 시인은 이미 알고 있다. 그런 면에서 『"와" 작설차 한 잔』의 시편들은 김 시인의 삶터인 차밭 주변에서 일어나고 있는 현장감을 시어로 잘 배치시키고 있는 점이 돋보이기도 하다.

시의 언어가 지니는 기능이 바로 조명적인 것인데, 언어의 유기적 건축인 시에 있어서 그 조직이 내적인 사상적, 윤리적 가치와 외적인 표현의 심미적 가치로 나타내는 김 시인의 시편들은 교훈적 이미지까지 전달해주고 있다.

【5】

문학의 경우에 있어서 '와'는 상징이란 용어의 설명이 단순하지 않다. 상징은 감각적 대상으로서 보조관념이 본래의 고유의미 외에 비본래의 의미를 표현하는 일종의 수사법으로 볼 수도 있다. 그러나 비유적 방법과 성질을 달리하는 상징은 유추적으로 가시의 세계, 즉 물질세계가 연상작용에 의하여 불가시의 세계, 또는 정신세계와 일치하게 되는 표현의 양식을 말하는 것이다. 연상이란 두 사물이 상징적으로 연결되고 종합되는 정신활동이다. 문학에서 말하는 상징이란 심상(image)과 관념(idea)의 결합이며 관념은 심상이 암시적으로 환기하는 것이다.

김 시인은 「녹동골의 봄」에서 "어제 없이 봄날이 왔어/ 차나무 골짝 더 넓고 푸르게"라고 '녹동골에 봄이 차나무 골짝에 푸르게 왔노라'고 봄이 시작되었음을 상징적으로 표현하며 하루의 시작을 알리는 새벽의 순간처럼 봄은 살랑살랑 온다고 한다.

보름달이 핀다
그믐달이 핀다
마음 빛이 핀다
미끄러진 찻잔마다

휘영청 밝은 달빛
찻잔에 달 있든 없든
보름달이 핀다

그래그래,
차와 빛은 하나
차와 벗은 없이
그렇게 차 마신다.

– 「달빛 찻잔」 전문

　　찻잔에 피는 보름달, 그믐달, 마음 빛, 어느 곳에 있든 없든 김 시
인에게 차와 빛은 하나가 되고, 그래서 그는 매일 작설차를 마신다.
그럼으로써 욕심을 버리며, 나눔과 베풂을 쌓는 것이 행복을 만드
는 길이라고 생각한다.
　　시를 쓰는 것은 하나의 집을 짓는 것과 같다. 경험의 토대 위에 세
운 심미적 시상(審美的 詩想)은 먼저 충분한 경험의 토대가 있어야 한
다. 김기원 시인은 녹동골에서 그간 충분한 토대를 다졌다. 이제 찻
잎을 덖고 우려내는 것처럼 상상력을 발휘하여 불완전한 시적 관습

을 경계하면서 심미적 시상을 아름다움으로 엮을 줄 아는 시인이다. 앞으로 녹동골 '한천다실'에서 한국문단의 밑거름이 되기 위하여 정신적 영역공간으로 스며드는 자기 탐색의 고뇌자이기를 바란다.

김기원 제8시집

"와" 작설차 한 잔

·

지은이 / 김기원
발행인 / 김영란
발행처 / **한누리미디어**
디자인 / 지선숙

·

08303, 서울시 구로구 구로중앙로18길 40, 2층(구로동)
전화 / (02)379-4514, 379-4519
Fax / (02)379-4516
E-mail/hannury2003@hanmail.net

·

신고번호 / 제 25100-2016-000025호
신고연월일 / 2016. 4. 11
등록일 / 1993. 11. 4

·

초판발행일 / 2020년 8월 25일

·

© 2020 김기원 Printed in KOREA

·

값 12,000원

·

·

ISBN 978-89-7969-825-1 03810